비버족의 표식

이 도서의 국립중앙도서관 출판시도서목록(CIP)은
e-CIP 홈페이지(http://www.nl.go.kr/cip.php)에서 이용하실 수 있습니다.
(CIP제어번호: CIP2006000593)

아침이슬 청소년＊005

비버족의 표식

첫판 1쇄 펴낸날 · 2006년 4월 24일
첫판 3쇄 펴낸날 · 2008년 4월 15일

지은이 · 엘리자베스 G. 스피어
옮긴이 · 김기영
펴낸이 · 박성규

펴낸곳 · 도서출판 아침이슬
등록 · 1999년 1월 9일(제10-1699호)
주소 · 서울시 마포구 합정동 411-2(121-886)
전화 · 02)332-6106
팩스 · 02)322-1740
이메일 · 21cmdew@hanmail.net

ISBN · 89-88996-63-1 44840
ISBN · 89-88996-58-5 (세트)

책값은 뒤표지에 있습니다.

┃ 아침이슬 청소년 ＊005 ┃

비버족의 표식

엘리자베스 G. 스피어 지음 ┃ 김기영 옮김

아침이슬

|차 례|

통나무 오두막

　나무들 사이로 아버지의 뒷모습이 사라진 뒤에도 매트는 한동안 공터 구석에 서 있었다. 혹시 두고 간 물건이 있거나 매트에게 일러줄 말이 생각나 아버지가 되돌아올지도 모르기 때문이다. 매트는 지금이라면 아버지가 잔소리를 하더라도 얼마든지 들을 수 있을 것 같았다. 그러나 결국 그런 일은 일어나지 않았다. 아버지는 정말 떠나 버렸다. 이 황량한 벌판에 매트 혼자 남게 된 것이다.

　매트는 돌아서서 통나무집을 바라보며 '멋지다!'고 생각했다. 어머니도 이 집을 부끄러워하지는 않을 것이다. 통나무집의 어느 한 구석도 매트의 손길이 미치지 않은 곳이 없었다. 매트는 전나무를 베어 내고, 통나무를 끌어 와 반듯하게 켜고, V자홈을 파는 것까지 도왔다. 통나무 끝을 들어 올려 다른 통나무 위에 올리면 통나무들은 마치 처음부터 그렇게 자라 온 것처럼 서로 아귀가 딱 맞아떨어졌다. 매트는 지붕 위에 올라가 삼나무 널빤지를 긴 기둥에 고정시키고 소나무 가지들을 끌어 와 그 위를 덮는 일도 했다. 오두막 뒤쪽에 뿌린 옥수수도 벌써 푸른 잎사귀를 내밀었고, 나무 그루터기에서는 호박 덩굴들이 자라나기 시작했다.

이렇게까지 조용하지만 않으면 괜찮을 것 같았다. 물론 전에도 혼자 있어 본 적은 있다. 아버지는 숲으로 사냥을 가면 몇 시간씩 집을 비우기도 했고, 집에 있다 하더라도 별로 말을 많이 하는 편이 아니었다. 어떤 때는 함께 일을 하면서도 오전 내내 말 한마디 나누지 않는 적도 있었다. 그러나 지금의 이 침묵은 너무도 낯설었다. 적막감이 매트의 둘레를 친친 감아 뱃속에 단단히 똬리를 틀었다.

지금이 바로 아버지가 가족을 데리러 돌아갈 때라는 것은 매트도 잘 알고 있었다. 1768년, 그러니까 매트와 아버지가 이리로 오기 전, 매트네 식구들은 긴 겨울 동안 매사추세츠 주 퀸시의 작은 집 소나무 탁자에 둘러앉아 머리를 맞대고 계획을 짰

다. 아버지는 측량 지도를 펼쳐 놓고 메인 주에 사 놓은 땅을 보여 주었다. 매트네 식구들은 이곳에 첫 번째로 자리를 잡는 가족이 될 터였다.

계획은 이랬다. 봄에 얼음이 녹으면 매트와 아버지가 먼저 북쪽으로 간다. 둘은 메인 주의 페노브스콧 강어귀에 있는 마을까지 배를 타고 갈 것이다. 거기서 다시 작은 배를 빌려 타고 강을 거슬러 올라가다가 샛강을 따라 더 들어간다. 강어귀의 마을에서도 며칠이 더 걸릴 것이다. 마침내 둘은 숲에 도착해 사 놓았던 땅의 주인 노릇을 하게 될 것이다. 집터를 닦고 오두막을 지은 뒤 옥수수를 심을 테고, 여름이 되면 아버지는 매사추세츠로 되돌아가 어머니와 여동생, 아기를 데려올 것이다. 아기는 아버지와 매트가 이곳에 와 있을 때 태어날 것이다. 매트는 뒤에 남아 오두막과 옥수수 밭을 지킬 것이다.

그러나 이곳의 상황은 퀸시에서 생각했던 것처럼 그리 수월하지만은 않았다. 매트는 밤마다 온몸 근육이 쑤시는 상태로 곯아떨어지곤 했다. 그러나 어쨌건 통나무집은 완성되었다. 방은 하나뿐이었지만. 겨울이 오기 전에는 매트와 여동생이 잘 다락방을 만들 예정이었다. 집 안 한쪽 벽에는 선반을 달았다. 등받이 없는 의자 두 개와 튼튼한 통나무 탁자도 만들었다. 얼마 전에 아버지는 벽에 창을 내고 기름종이를 붙여 빛이 들어오게 하자고 했다. 언젠가는 종이를 진짜 유리로 바꿀 수 있으리라. 작은 통나무에 강에서 퍼 온 진흙을 발라 만든 굴뚝이 벽에 기대어 있었다. 굴뚝 역시 임시로 만든 것이다. 아버지는 나무 굴뚝은 돌 굴뚝만큼 안전하지 않으니까 불티가 날아오르는 것을 지켜보아야 한다고 거듭 주의를 주었다. 매트는 걱정하지 않았다. 얼마나 고생해서 지은 집인가. 눈앞에서 집이 불에 타 무너지게 내버려 두지는 않을 것이다.

떠나는 날 아침 아버지가 말했다.

"6주, 어쩌면 7주. 정확히는 모르겠구나. 엄마와 동생이 있으니 좀 더 늦어지겠지. 더군다나 아기까지 있으니까."

그리고 덧붙였다.

"어쩌면 네가 날짜 가는 걸 잊어버릴지도 모르겠다. 혼자 있으면 그러기 쉽지. 막대에 금을 긋는 게 좋겠다. 막대 하나에 일곱 개씩. 막대가 일곱 개 모이면 우리를 찾아보기 시작하렴."

매트는 아버지가 자기 혼자서는 날짜도 못 세는 것처럼 말하는 것이 우스웠다. 그러나 말대꾸를 하지는 않았다. 마지막 날 아침이니까.

아버지는 통나무 벽에 난 틈으로 손을 넣어 시계와 나침반,

은전 몇 닢이 들어 있는 찌그러진 양철통을 꺼내 내려놓았다.
그러고는 커다란 은시계를 꺼내 매트에게 건네주었다.

"막대에 금을 새길 때마다 태엽 감는 것을 잊지 말아라."

매트는 시계가 깨지기 쉬운 새알이라도 되는 것처럼 조심스
레 받아들고는 물었다.

"시계를 두고 가시는 거예요, 아빠?"

"이 시계는 할아버지 것이었단다. 언젠가는 네게 줄 거였으
니까 지금 주는 것도 괜찮겠지."

"네? 그럼, 저 주시는 거예요?"

"그래, 이제 네 시계란다. 혼자 있는 동안 그 녀석이랑 잘 지
내 봐라."

매트는 목에 시계만큼 큰 덩어리가 차오르는 것을 느꼈다.
이 시계는 아버지 물건들 가운데 가장 멋진 것이다.

"잘 간수할게요."

매트는 겨우 대답했다.

"그래, 넌 잘할 거야. 태엽을 감을 때 너무 세게 감지 않게 조
심해라."

아버지는 떠나기 바로 전에 선물을 하나 더 주셨다. 라이플
총이었다. 매트는 오두막 안으로 들어가 문 위에 걸린 아버지의

라이플총을 바라보았다. 라이플총은 두 개의 못걸이에 얌전히 걸려 있었다.

"나는 네가 쓰던 구식 나팔총을 가지고 가마. 이 라이플총으로는 아주 정확하게 맞힐 수 있단다. 하지만 움직인다고 아무 데나 막 쏘면 안 된다. 마지막까지 기다려야 해. 함부로 쏘지만 않는다면 화약은 충분할 거다."

아버지는 매트를 홀로 두고 떠나는 것이 불안한 모양이었다. 매트는 이제 와서야 그렇게 입을 꾹 다물고 서 있을 게 아니라 한마디라도 아버지를 안심시킬 만한 말을 해 드렸으면 좋았을 거라고 생각했다. 하지만 그 순간이 다시 온다 해도 아마 더 잘하지는 못할 것이다. 매트네 가족은 자기 생각을 잘 표현하지 않는 편이니까.

매트는 손을 뻗어 총을 내렸다. 아버지가 가지고 간 매트의 오래된 나팔총보다 훨씬 가볍고 멋진 총이다. 호두 빛 개머리판은 어머니의 실크 옷처럼 부드럽고 윤기가 흘렀다. 좀 긴 듯하지만 균형도 잘 잡혀 있었다. 이 총이라면 화약을 낭비할 이유가 없을 것 같았다. 지금 당장 시험 삼아 총을 한 방 쏘아 보는 것도 괜찮을 것이다.

아버지는 늘 총을 깨끗이 닦고 반짝반짝하게 광을 내 두었다. 매트는 시험 삼아 쇠꼬챙이로 점화구 주변을 이리저리 쑤신 다음 화약통을 흔들어 검은 화약을 약실 안에 넣었다. 그러고는 탄약통에서 납 탄환 하나를 꺼내 천 조각으로 싸서 총열 안으로 밀어 넣었다. 매트는 적막함을 몰아내려고 총을 만지는 내내 큰 소리로 휘파람을 불어 댔다. 휘파람 소리가 뱃속에 있는 응어리 를 조금은 풀어 주는 것 같았다.

매트가 숲으로 들어서자 어치 한 마리가 날카롭게 울어 댔 다. 매트는 뭔가 쏠 만한 것을 찾았다. 꼬리를 귀 뒤로 말아 올 리고 나뭇가지에 웅크리고 있는 붉은다람쥐 한 마리가 눈에 들 어왔다. 매트는 끝까지 기다리라는 아버지의 말씀을 새기며 총 을 들어 다람쥐를 겨누었다.

발사되는 느낌은 산뜻했다. 구식 나팔총처럼 몸이 뒤로 밀리 지도 않았다. 그렇지만 총알은 높은 가지로 날쌔게 기어오르는 다람쥐의 꼬리를 살짝 건드렸을 뿐이다. 쏘는 요령을 터득하려 면 아직도 한참 더 연습을 해야 할 것 같았다.

'내 총이었다면 맞출 수 있었을 텐데.'

아버지의 라이플총에는 좀 더 익숙해져야 할 터였다.

매트는 맥빠진 걸음으로 오두막으로 돌아왔다. 점심에 먹으 라고 아버지가 구워 놓고 간 옥수수 빵을 씹어 보았다. 벌써부터 시간이 더디게 흐르는 것 같았다. 막대에 첫 번째 금을 새기려면 아직도 오후가 고스란히 남아 있었다.

막대가 일곱 개가 되면 8월이 올 것이다. 매트의 생일은 그 전이었다. 매트는 아버지는 생각할 게 너무 많아서 어쩌면 잊어 버릴 수도 있을 거라고 생각했다. 식구들이 이 오두막에 도착할 무렵이면 매트는 열세 살이 되어 있을 것이다.

숲 속에 혼자 남다

다음 날 아침 눈을 뜨니 뱃속에 뭉쳐 있던 응어리가 사라진 느낌이었다. 매트는 혼자 지내게 된 이 상황을 즐겁게 받아들이기로 마음먹었다. 마음대로 하루를 보낼 수 있다고 생각하니 아침에 일어나는 것이 즐거웠다. 이래라저래라 간섭할 사람이 없으니 집안일도 자유롭게 할 수 있었다. '도대체 왜 시간이 더디게 흐를 거라는 걱정을 했지?' 그런 생각이 들 정도였다. 하루하루 막대에 금이 늘어 가면서 매트는 해가 떠서 질 때까지가 절대 긴 시간이 아니라는 것을 깨달았다.

오두막은 만들었지만 강가에서 진흙을 퍼 와 통나무 사이의 틈을 메우는 일이 남아 있었다. 옥수수가 햇빛을 충분히 받도록 공터 주변의 나무 몇 그루와 자꾸만 무성해지는 덤불들을 베어 내고, 베어 낸 나무들을 모두 패서 오두막 곁 장작더미에 차곡차곡 쌓아 두는 일도 해야 했다.

하루에 한두 번 식사를 준비하려면 절대로 불을 꺼뜨려서는 안 된다. 혼자 지내기 시작한 처음 며칠 동안, 매트는 두 번이나 불을 꺼뜨렸다. 퀸시에서는 불씨가 꺼지면 매트나 세라가 삽을 들고 이웃에 가서 불붙은 석탄을 빌려 오곤 했다. 그러나 여기에는 이웃이 없다. 불이 꺼지면 잔가지와 삼나무 껍질 부스러기를 모아 놓고 부싯돌을 부딪쳐 불을 피워야 한다. 나무 부스러기에 작은 불꽃이 붙으면 후후 불어서 불을 지펴야 했는데 여간 힘들지 않았다. 게다가 불이 피어올라 요리를 할 수 있을 때까지는 아무리 배가 고파도 참아야 했다.

옥수수 밭에도 계속 신경을 써야 했다. 요즘같이 햇볕이 쨍쨍 내리쬐는 더운 날씨에는 새로 나온 잎이 잘 자라게 주전자로 강에서 물을 길어다 주었다. 옥수수 밭에 물을 주면 잡초도 당연히 물을 빨아 먹는다. 잡초들은 뽑아내면 뽑아낼수록 더욱 무성하게 자랐다. 까마귀들도 계속 날개를 퍼덕이며 신경을 건드렸다. 하루에도 수십 번 팔을 휘젓고 소리를 질러 까마귀들을 쫓아내지만 놈들은 느긋하게 가까운 나뭇가지 위로 날아올라 매트가 돌아설 때만 기다렸다. 그러나 그까짓 까마귀 놈들 때문에 귀한 화약을 낭비할 수는 없는 노릇이었다. 밤이 되면 숲 속 동물들이 옥수수 새순을 갉아먹었다. 한번은 옥수수를 지키느라 총을 무릎에 끼고 밤을 지새우다 아침이 되어서야 오두막으로 들어가 반나절을 자 버리기도 했다. 그날 두 번째로 불씨를 꺼뜨렸다.

매트는 요즘처럼 배가 고팠던 적이 없었다. 밀가루 통은 두 사람이 퍼먹기라도 하듯 빠르게 비어 갔다. 매트는 총을 이용해 배를 채우기로 했다. 총은 여전히 자랑스러웠지만 더 이상 경외의 대상은 아니었다. 매트는 총을 어깨에 메고 자신만만하게 숲으로 들어갔다. 저녁 식사 감으로 오리나 토끼 따위를 찾아 숲속 깊이 들어가기도 했다. 다른 것이 먹고 싶어지면 낚싯대를 들고 꼬불꼬불한 샛강을 따라 올라가거나, 아버지가 숲에 해 둔 표시를 따라 멀리 떨어진 아비새 연못으로 낚시를 갔다. 얼마 지나지 않아 매트는 먹을 수 있는 물고기는 전부 잡을 수 있게 되었다. 나무 사이를 거니는 사슴도 두어 번 보았지만 그때마다 사정권 밖에 있었다. 언젠가는 놈을 꼭 쓰러뜨려 보리라.

머릿속에서 모기처럼 윙윙거리는 작은 걱정거리들이 있긴 했지만 하루하루가 괜찮았다. 걱정거리 중 하나는 인디언에 대한 것이었다. 인디언이 두려운 건 아니었다. 아버지는 전의 땅 주인으로부터 이곳이 안전하다는 확인을 받았다. 조약을 맺은 뒤에는 이 지역에서 인디언이 백인을 공격했다는 소식은 단 한 번도 들리지 않았다. 그러나 이전에 들은 무시무시한 이야기들을 머리에서 완전히 지우기는 힘들었다. 매트는 가끔 누군가 자신을 훔쳐보고 있는 듯한 느낌이 정말 싫었다. 슬쩍슬쩍 나뭇가지 그림자들이 흔들릴 뿐, 확실히 본 것은 없었다. 그러나 누군가 있다는 느낌을 떨쳐 버릴 수가 없었다. 아버지가 매트에게 일삼아 들려주던 충고 가운데는 인디언에 관한 것도 있었다.

"인디언들이 너를 괴롭히지는 않을 거야. 대부분 캐나다로 떠났고, 여기 남은 사람들도 문제가 일어나기를 바라지는 않으니까. 하지만 그 사람들은 예의를 대단히 중요하게 여긴단다. 혹시 인디언과 마주치면 예전에 살던 동네 목사님에게 하듯 깍듯하게 인사해야 한다."

매트는 아버지가 진짜 그 말대로 하는 것을 보았다. 한번은 아버지와 함께 오두막에서 멀리까지 걸어 나갔는데, 피부색이 짙은 인디언 한 명과 마주치게 되었다. 아버지와 인디언은 조금 떨어진 거리에서 점잖은 태도로 서로에게 고개를 끄덕이고는 인사의 표시로 한 손을 들어 올렸다. 두 사람은 꼭 마을 광장을 지나치다가 만난 집사들 같았다. 하지만 스스로를 드러내지 않는 그림자에게 어떻게 예의를 갖출 수 있단 말인가? 그 때문에 매트는 마음이 영 불편했다.

매트는 점점 적막함에 익숙해져 갔다. 사실 이제야 알게 된 것이지만 숲은 그리 조용한 곳이 아니었다. 걸음을 옮길 때마다 새들의 지저귐과 다람쥐의 재잘거림이 들렸고, 수천 마리 곤충들의 불평과 울음소리가 시끄러울 정도였다. 이제는 밤에도 이전에 자신을 놀라게 했던 정체불명의 소리들을 가려낼 수 있었다. 등과 꼬리에 뾰족한 가시가 달린 호저가 풀밭을 뒤지는 소리, 부엉이 우는 소리, 숲의 작은 생명체들이 내는 소리, 황새처럼 생긴 물새인 아비가 멀리 떨어진 연못에서 구슬프게 우는 소리……. 처음 들었을 때는 늑대 소리인 줄 알았지만 그 슬픈 울음소리의 주인공은 늑대가 아니라 아비였다. 이제는 그 소리가 좋아졌다. 매트는 솔송나무 가지로 만든 침대 시트에 어깨를 쏙 집어넣고 모기에 물리지 않도록 이불을 머리 위로 끌어당겼다. 그러고는 안락감을 느끼면서 기분 좋게 잠에 빠져 들었다.

매트는 가끔 말을 걸 누군가가 곁에 있었으면 했지만 그다지 아쉽지는 않았다. 숲을 거닐거나 냇가에 앉아 낚싯대를 드리우고 낮 시간을 많이 보내게 되면서 혼자 있는 것에 만족하게 되었던 것이다. 그런 점에서 매트는 아버지와 닮았다. 하지만 함께할 누군가가 있었으면 하는 생각을 완전히 떨치지는 못했다. 그 누구라도 좋았다. 하다못해 집에 있을 때는 별 관심을 두지 않았던 여동생 세라라도. 그런 마음 때문이었는지 매트는 뜻밖의 사람이 찾아왔을 때 그리 현명하게 처신하지 못했다.

낯선 손님

매트는 저녁 식사가 다 되기를 기다리며 현관 밖 납작한 돌 위에 앉아 있었다. 늦은 오후여서 해는 공터를 가로지르는 노란 말뚝 위에 비스듬히 걸려 있었다. 그 뒤로 보이는 숲에는 이미 그림자가 내렸다. 매트는 오늘 하루 기분이 좋았다. 아침에 토끼를 총으로 쏴 잡은 것이다. 가죽은 조심스럽게 벗겨 오두막 벽에 걸어 놓고 말리는 중이었다. 고깃덩어리를 끓이는 기막힌 냄새가 문밖으로 풍겨 나와 입 안에 자꾸 침이 고였다.

문득, 나무 그늘 사이에서 어두운 그림자가 움직였다. 이번에는 사라지지 않고 이쪽으로 곧장 다가왔다. 무거운 부츠에 나뭇가지가 밟혀 부서지는 소리까지 들을 수 있었다. 매트는 벌떡 일어섰다.

"아빠!"

대답이 없다. 물론 아버지는 아니다. 아버지일 리가 없다. 인디언인가? 본능적으로 경계 신호가 등줄기를 타고 내려갔다. 매트는 온몸이 뻣뻣해졌다.

숲에서 걸어 나온 남자는 인디언이 아니었다. 너덜너덜해진 푸른 군복 아래 살집이 불룩하게 드러난 덩치가 큰 백인 남자였다. 얼굴은 불그스름한 구레나룻에 가려 잘 보이지 않았다. 남자는 공터 중간쯤 오더니 멈추어 섰다.

"어이!"

남자가 쾌활한 목소리로 인사를 건넸다.

"안녕하세요?"

매트는 별로 내키지 않았지만 인사를 했다. 집사님이 왔을 때처럼 반갑게 맞아야 하나?

다가오는 남자의 지친 얼굴에는 작고 푸른 눈이 빛나고 있었다. 남자는 오두막과 옥수수 밭을 살펴보려는 듯 일단 멈추어 섰다.

"멋진 곳이구나."

이번에는 대답하지 않았다.

"여기서 혼자 지내니?"

매트는 잠시 머뭇거렸다.

"아버지는 잠깐 나가셨어요."

"그럼 곧 오시겠구나."

매트는 이상하게도 대답이 잘 나오지 않았다. 계속 혼자 지
냈으므로 누군가를 만나면 반가워야 할 텐데 어쩐지 반갑지가
않았다. 매트는 자신이 거짓말을 하는 까닭을 알 수 없었다.

"곧 오실 거예요. 강에 보급품을 받으러 가셨거든요. 오늘 밤
에 돌아오실지도 몰라요. 아저씨가 오는 걸 보고 아버지라고 생
각했어요."

"나 때문에 놀랐겠구나. 외진 곳이라 친구도 많지 않을 것 같
은데."

"네, 여기선 사람 구경하기가 힘들어요."

"그렇다면 네 아버지도 손님을 돌려보내는 걸 바라지는 않겠
지? 내 생각엔 저녁 한 끼 정도는 대접해 줄 것 같은데. 맛있는
냄새가 반 마일 밖까지 풍기지 뭐냐."

매트는 남자의 태도를 유심히 살폈다. 편안해 보이는 미소를
보자 미심쩍은 생각이 조금씩 사라져 갔다.

"그럼요. 안으로 들어오세요, 아저씨."

남자는 콧김을 뿜으며 말했다.

"내 이름은 벤이란다. 강가 마을에서 나에 대해 들었을 수도 있을 텐데."

"우린 마을에 오래 머물지 않았어요."

매트는 대답을 마치자마자 서둘러 촛불을 켰다. 낯선 남자는 집으로 들어와 작은 오두막 안을 구석구석 살펴보았다.

"집이 정말 튼튼하고 훌륭하구나. 여기서 계속 살 거니?"

"여긴 우리 땅이에요."

매트가 대답했다. 촛불을 켜자 집 안이 더없이 아늑하고 편안하게 느껴졌다. 손님에게 자랑할 만한 집이다.

"어머니와 여동생도 함께 살러 곧 올 거고요."

"어딜 가나 사람들이 몰려드는군. 전에는 숲 속을 한 달이나 헤매고 다녀도 굴뚝 하나 보이지 않았는데, 이제는 강에서부터 마을이 점점 올라오고 있어."

남자는 문 위에 걸려 있는 라이플총에 시선을 주었다. 그리고는 감탄스럽다는 듯 천천히 휘파람 소리를 내며 문 쪽으로 걸어가 총을 어루만졌다.

"아주 좋은 총이로군. 비버를 여러 마리 받을 수 있겠어."

"아빠는 절대 안 바꾸실 거예요."

매트는 짧게 대답하고 손님을 대접하기 위해 바쁘게 움직였다. 밀가루를 충분히 퍼서 반죽을 해 깨끗한 판에 놓고 두드린 다음 난로 앞에 받쳐 익혔다. 사발 두 개와 주석 숟가락도 탁자 위에 올려놓았다. 접시에 당밀을 따르고, 사발에는 뜨거운 토끼 고기 수프를 담았다.

정신없이 음식을 퍼먹는 모습으로 보아 남자는 오랫동안 식사를 못 한 것이 분명했다. 매트는 그릇에 수프를 조금 떠서 테이블 위에 손을 올려놓은 채, 옥수수 빵 조각으로 당밀 접시를 닦아 내는 남자의 모습을 지켜보았다. 이윽고 벤은 의자를 뒤로 밀치고 손등으로 수염을 쓸었다.

"기막힌 식사였다, 꼬마야. 아주 맛있었어. 혹시 집에 담배는 없겠지?"

"네, 아버지는 담배를 안 피우세요."

"오 저런, 뭐 할 수 없구나."

한동안 대화가 끊기자 매트는 그에게 몇 가지 물어보기로 작정했다.

"아저씬 강가까지 가세요?"

벤은 콧김을 씩씩 내뿜으며 말했다.

"그건 아니야. 세상이 잠잠해질 때까지 마을에서 멀리 떠나 있으려고."

매트는 잠자코 기다렸다.

"사실대로 말하자면 난 적당한 때에 마을을 떠나온 셈이지. 사람들은 증거도 없이 나를 의심하고 있어. 그러니까 이 몸은 애초 계획대로 비버 가죽을 차지할 때가 된 거다 이 말이야. 움직일 때가 온 거지. 난 인디언 놈들을 따라 북쪽으로 가 볼 생각이다."

"그럼 인디언들과 함께 살 건가요?"

"그것도 그리 나쁘진 않지. 지금은 아무 데라도 자리를 깔고 자야 할 형편이니까."

정말 벤은 주인의 의사와는 상관없이 자리를 펴고 드러누울 태세였다. 그는 의자에서 내려와 어깨를 벽에 기댄 채 바닥에 편하게 드러눕더니 주머니에서 때 묻은 옥수수 파이프를 꺼내 들고 안타까운 듯 내려다보았다.

"허 참, 이렇게 배불리 먹은 뒤에는 담배를 한 대 피워야 소화가 되는데."

벤은 파이프를 멀찍이 밀어 놓고는 육중한 몸을 벽 쪽으로 갖다 붙였다.

"내가 네 나이였을 때는 말이야."

벤이 천천히 입을 열었다. 실컷 먹고 나니 이제 말을 하고 싶은 모양이었다.

"겨울 내내 인디언 놈들과 시간을 보냈단다. 같이 사냥도 하고 덫을 놓기도 했지. 난 인디언 말을 잘 알아듣거든. 아직도 기억나는 말이 많지. 하지만 세상이 바뀌고 있어. 이제 인디언들과 사냥을 하려면 더 서쪽으로 가야 할 거야. 오하이오 같은 데로 말이지."

"여기에도 인디언들이 남아 있지 않나요?"

"거의 다 떠났어. 많은 인디언들이 전쟁에서 죽거나 병에 걸렸고, 나머지 사람들도 거의 캐나다 쪽으로 옮겨 갔지. 떠나지 않고 남아 있는 인디언들은 아주 힘들게 살고 있지. 사냥감이 턱없이 부족하니까."

"인디언들은 어디에 사나요?"

"여기서 멀지 않은 곳이야."

벤은 손으로 숲 쪽을 가리켰다.

"그들은 계속 옮겨 다니며 천막 같은 걸 치고 살지. 여기 페노브스콧 주변의 인디언들은 아주 끈질겨. 쉽게 포기할 놈들이 아니야. 그들은 아직도 덫으로 사냥을 한단다. 그들을 막을 방법은 없어. 자기들이 더 이상 이 땅의 주인이 아니라는 것을 받아들이지 않거든. 인디언을 본 적이 있니?"

"아뇨. 하지만 아빠는 한 번 보셨어요. 인디언들은 영어를 할 줄 아나요?"

"거래를 할 정도는 해. 장사꾼들에게 영어를 배우는 거지. 동물 가죽은 뭐든지 모아서 마을로 가지고 내려오는데, 장사 수완이 여간 아니란다. 너도 인디언들을 다루는 법을 알아 두는 게 좋을 거야."

벤은 계속 말을 이었다.

"네가 인디언들을 아직 보지 못한 데는 다 이유가 있지. 인디언들은 영리해서 모기나 벌레가 기승을 부리는 계절에는 여기 머물지 않아. 무리 지어 해안을 따라 내려가서 조용히 지내다가, 이맘때쯤이면 다시 돌아와 남은 여름을 여기서 지내고, 가을이 되면 본격적인 사냥에 나서는 거야.

예전에는 인디언들의 사냥 방식이 요즘과 달랐지. 가진 거라곤 활과 화살밖에 없었으니까. 총을 사용하지 못하는 인디언들은 지금도 활을 쓰지만 말이야. 나도 활을 잘 쐈단다. 그 어느 인디언에게도 뒤지지 않았지. 하지만 이젠 예전 같지 않구나."

배가 불러 졸리는지 벤의 말소리가 점점 작아졌다. 벤은 인디언들과 사슴 사냥을 다니던 때의 이야기를 했다. 프랑스 사람들과 전쟁을 했던 일도 들려주었다. 벤은 프랑스 사람들이 인디언들을 부추겨 백인 정착민들과 분쟁을 일으키게 하기 때문에 그들을 싫어한다고 했다. 그가 한 말을 곧이곧대로 믿자면 벤은 별로 힘 안 들이고 혼자 프랑스 군을 반도 넘게 죽였을 성싶었다. 벤은 특히 예수회 신부들이 싫다고 했는데, 역시 인디언들을 부추긴다는 이유였다. 한번은 토벌대에 참여해 성당을 습격해서는 천주교 성물들을 부순 일도 있다고 했다. 또 사납기로 소문난 이러쿼이족 인디언들에게 포로로 잡힌 적도 있었는데 고문을 당하기 직전에 머리를 써서 탈출했다는 이야기도 했다. 벤의 이야기를 들으면서 매트는 도무지 이해가 되지 않았다. 그의 말대로라면 벤은 분명히 '위대한 킬러 잭'만큼이나 대단한 영웅이어야 마땅한데, 아무리 봐도 그래 보이지는 않았다. 벤은 고달프게 살아온 사람 같았다. 하지만 그의 이야기는 무척이나 재미있었다.

밴의 목소리에서 점점 기운이 빠지더니 가물가물 잦아들었다. 얼마 지나지 않아 벤은 바닥에 대자로 뻗어 코를 골기 시작했다. 어디서든 자리만 있으면 누워 잔다는 말이 맞는 모양이었다. 그래도 최소한 매트의 침대를 빼앗지 않았으니 다행이었다.

손님이 어지간한 소리에 깰 것 같지는 않았지만 매트는 조용

조용 움직였다. 작은 나뭇가지로 만든 솔로 그릇을 닦고 재로 불을 묻은 후 잠자리에 들었다.

그러나 잠이 쉽게 오지 않았다. 매트는 누워서 통나무 천장을 바라보았다. 난로의 마지막 불씨가 꺼지고 오두막 안이 온통 어둠에 휩싸였는데도 잠들 수가 없었다. 불안한 생각이 자꾸 밀려왔다. 난롯가에 앉아 모험담을 늘어놓던 벤은 나쁜 사람 같아 보이지는 않았다. 그저 뚱뚱하고 지친 나이 든 남자일 뿐이었다. 한 끼의 식사를 그리도 고마워하지 않았던가. 솔직히 말해 매트는 그와 함께한 시간이 즐거웠다. 그런데 이제 슬슬 걱정이 되기 시작했다. 벤은 여기에 얼마나 머물까? 그는 곧 매트가 혼자 지내고 있다는 것을 눈치 채게 될 것이다. 그래서 인디언 마을보다 여기가 편하다고 여기게 되는 건 아닐까? 오늘처럼 먹어 치운다면 밀가루나 당밀도 곧 바닥이 날 텐데. 벤이 나가서 먹을거리를 마련해 올까?

벤은 왜 그리 급하게 강가 마을을 떠나온 것일까? 정말 무슨 잘못을 저지른 건가? 어쩌면 살인을 저지른 위험한 인물인지도 모른다. 생각이 거기에 미치자 매트는 침상에서 벌떡 일어나 앉았다. 잠을 자지 않고 지키고 있는 게 현명할 것 같았다. 아버지의 라이플총을 내려 옆에 둘까 하는 마음도 들었다. 그러나 곧 부끄러운 생각이 들었다. 지친 나그네에게 한 끼 식사와 하룻밤 잠자리를 내주는 걸 그렇게 꺼리는 자신의 모습을 아버지가 본다면 뭐라고 할까? 그래도 어쨌거나 매트는 밤을 새우기로 마음먹었다.

매트는 오랫동안 눈을 뜨고 있었지만 자기도 모르는 새에 잠이 들고 말았다. 시간이 얼마나 흘렀을까. 매트는 움찔 놀라며 깊은 잠에서 깨어났다. 어느덧 아침 햇살이 오두막 바닥을 비추고 있었다. 남자는 흔적도 없이 사라졌다. 안도감이 물밀듯 밀려들었다. 모든 게 쓸데없는 걱정이었다. 그는 애초부터 오래 머무를 마음이 없었던 것이다. 어쩌면 아버지가 돌아올 거라는 거짓말을 믿었는지도 모른다. 그러자 또다시 부끄러워졌다. 싫은 티를 너무 노골적으로 낸 걸까. 아버지가 알면 분명히 꾸짖을 듯싶었다.

하지만 아무리 생각해도 떠나기엔 너무 이른 시간이었다. 어쩌면 벤이 다시 돌아와 배가 고프다며 아침을 먹으려 들지도 모를 일이었다. 옥수수 반죽이라도 해 두는 게 나을 것 같았다.

매트가 중요한 사실을 알아차린 것은 바로 그때였다. 문 위에 걸려 있어야 할 라이플총이 온데간데없이 사라져 버린 것이다. 매트는 소스라치게 놀라 오두막 안을 정신없이 뒤졌다. 침상과 선반, 테이블과 의자까지 샅샅이 찾아보았다. 그러고는 문 밖으로 달려 나가 숲이 시작되는 곳까지 뛰어갔다. 그러나 소용 없는 짓이었다. 그 남자가 어디로 갔는지, 잠들어 있는 동안 얼마나 멀리 가 버렸는지 짐작조차 되지 않았다. 벤은 이미 라이플총과 함께 사라진 것이다.

불길한 직감대로 총을 손에 꼭 쥐고 있어야 했다. 그 남자는 총을 본 순간부터 흑심을 품었던 게 분명했다. 하지만 총을 들고 있었다 한들 그렇게 큰 어른을 힘으로 당할 수 있었을까? 총을 뺏기지 않기 위해 그 남자를 쏠 수 있었을까? 범죄자인지도 모를 남자를?

시간이 지나고 분노가 가라앉기 시작하자 곧바로 두려움이 가슴을 파고들었다. 이제 자신을 지킬 방도가 없었다. 고기를 구할 수도 없게 되었다. 화낼 힘조차 잃은 매트는 금을 새긴 막대들을 내려다보았다. 아버지가 돌아오려면 적어도 한 달은 기다려야 한다. 한 달 동안 생선만 먹어야 하다니! 게다가 총을 도둑맞은 걸 알면 아버지는 뭐라고 할까?

숲 속의 침입자

 사냥을 할 수 없다는 건 괴로운 일이다. 이제는 토끼와 다람쥐 들까지 매트에게 총이 없다는 것을 알아챘는지 매트가 숲에 들어가도 아무 거리낌 없이 돌아다니는 것만 같았다. 총만 있다면 사슴 한 마리쯤은 거뜬히 잡을 수 있을 텐데. 그 대신 매트는 물고기를 잡으러 다녔다. 비록 물고기에는 스튜 요리를 할 갈빗대가 없지만 그나마 강과 연못에서라도 먹을거리를 구할 수 있는 게 다행이었다. 여기저기 양지바른 곳에는 블루베리가 자라고 있었다. 매트는 다시 생기를 되찾아 갔다. 7월의 날씨는 기막히게 화창했다. 파리와 모기떼의 극성도 사그라졌다. 매트는 이제 막대에 표시한 날짜 대신 남아 있는 날짜를 세기 시작했다. 막대가 두세 개만 늘어나면 식구들이 올 것이다. 옥수수도 나날이 자라고 있고, 호박들도 단단하게 영글고 있었다. 좀 더 오래라도 기다릴 수 있을 것 같았다.

마음이 점차 편안해지면서 기다리는 것이 덜 지루해졌다.

아침나절 내내 낚시를 하면서 보낸 어느 날이었다. 날씨는 맑고 깨끗했다. 강물은 아직 거셌지만 따뜻한 햇살이 맨발을 어루만져 주었다. 매트는 운 좋게도 강을 따라 한참 올라간 곳에서 물고기를 여러 마리 잡을 수 있었다. 점박이 무늬가 있는 송어 네 마리를 둘러메고 휘파람을 불며 숲에서 돌아오는 길이었는데 덤불에서 나뭇가지 부러지는 소리가 났다. 매트는 깜짝 놀라 숨을 죽였다. 그리고 오두막을 바라보는 순간 온몸이 얼어붙고 말았다. 경첩이 부서졌는지 오두막 문이 한쪽으로 기울어진 채 흔들리고 있었다. 문지방에는 밀가루를 엎지른 것처럼 하얀 가루가 잔뜩 흩어져 있었다.

매트는 비명을 지르면서 송어를 떨어뜨리고 뛰어갔다. 하얗게 흩어진 것은 정말 밀가루였다! 오두막 바닥도 밀가루 천지였다. 찢어진 밀가루 자루를 이리저리 질질 끌고 다닌 흔적이 분명했다. 집 안은 아수라장이 되어 있었다. 의자는 물론, 선반 위의 물건들도 모조리 바닥에 떨어져 나뒹굴고 있었다. 귀중한 당밀 통도 텅 빈 채 뒤집어져 있었다.

벤이 돌아온 것이 분명해! 그 순간 머릿속이 하얘지면서 분노가 뜨거운 불꽃처럼 솟구쳤다. 그때, 벤이 그랬을 리는 없다는 생각이 들었다. 그렇게 먹는 걸 좋아하는 사람이 이런 짓을 할 리가 없다. 그럼 인디언인가? 역시 아닐 것이다. 사람이라면 먹는 것을 이런 식으로 바닥에 뿌려 대지는 않는다. 마음이 조금씩 가라앉으면서 서서히 상황이 이해되기 시작했다. 덤불에서 나뭇가지 부러지는 소리가 들렸던 것이 떠올랐다. 곰이 틀림없다. 그날 아침 문에 빗장 지르는 것을 깜빡 잊었던 것이다.

어쨌든 일은 터지고 말았다. 곰은 지금쯤 반 마일은 도망갔을 것이다. 매트는 자신의 부주의함에 너무 화가 치밀어 어쩔 줄 모르고 오두막 한가운데 멍하니 서 있었다. 그러다가 무릎을 꿇고 엎드려 조심스럽게 밀가루를 쓸어 담기 시작했다. 하지만 이내 포기할 수밖에 없었다. 숟가락으로 먼지가 가득 낀 홈까지 긁어 보았지만 밀가루를 두 줌 정도 모았을 뿐이었다. 그것도 흙이 잔뜩 섞여 도무지 먹을 수 없을 것 같았다.

한참 뒤에야 허기가 느껴지면서 강에서 잡은 물고기가 생각났다. 매트는 불을 피우고 물고기를 대강 손질해서 굽기 시작했다. 양철통에 남은 소금 몇 알을 꺼내 송어에 뿌렸다. 어떻게든

이 상황을 견뎌 내야만 한다. 낚싯줄이 있는 한 굶지는 않을 것이다. 그러나 내일부터는 정말 소금도 없이 지내야 할 판이었다.

벌 떼들의 공격

날이 갈수록 구새 먹은 나무에 높이 달려 있던 야생 꿀벌집이 자꾸 생각났다. 몇 주 전에 아버지와 함께 '아비새 연못'의 습지에서 발견한 것이었다. 벌들이 높은 나무에 뚫린 오래된 딱따구리 둥지를 바쁘게 드나들고 있었다. 매트는 야생벌이라고 생각했지만 아버지는 아니라고 했다. 이주민들이 영국에서 벌을 들여오기 전까지는 아메리카 대륙에는 벌이 없었다는 것이다. 아버지는 그 벌 떼가 강변 마을에서 날아온 것이 분명하며, 건드리지 않는 것이 상책이라고 말했다.

매트는 끼니 때마다 간도 안 한 생선을 먹는 데 질려 버렸다. 뭔가 조금이라도 맛있는 것을 먹고 싶었다. 매트가 당밀을 좋아하는 것을 아는 어머니는 이곳 메인 주로 떠나올 때 아버지를 설득해 작은 당밀 통을 챙겨 주었다. 지금 매트가 어린 애기처럼 곰이 먹다 남긴 당밀 통을 손가락으로 샅샅이 훑어 먹는 모습을 어머니가 봤다면 빙그레 미소를 지었을 것이다. 매트는 전에 본 벌집 생각을 떨쳐 낼 수가 없었다. 꿀을 맛볼 수만 있다면 벌에 한두 방 쏘이는 것쯤이야 별일 아닐 것이다. 나무에 올라가서, 벌들이 아까워하지 않을 정도로 꿀을 한 컵쯤 떠내는 것은 그다지 위험하지 않을 듯싶었다. 어느 날 아침, 매트는 무슨 일이 있어도 그렇게 해 보기로 결심했다.

벌통 나무는 가지가 사다리 가로대처럼 규칙적으로 나 있어서 오르기에 힘들지 않았다. 매트가 점점 높이 올라가도 벌들은 눈치를 채지 못하는 것 같았다. 매트의 얼굴이 벌집 구멍까지 이르렀을 때도 벌 떼는 부지런히 드나들기만 할 뿐 특별한 행동을 보이지 않았다. 가만히 벌통을 살펴보니 벌통 입구가 너무 작아 손이나 숟가락이 들어갈 것 같지 않았다. 안쪽에 황금빛 벌집이 보였다. 구멍 둘레의 나무껍질은 썩어 있었다. 매트는 조심스럽게 손가락을 구멍 가장자리에 대고 가볍게 당겨 보았다. 제법 큰 나무껍질이 손안으로 부서져 내렸다.

그와 동시에 벌들이 나오기 시작했다. 부서진 입구에서 쏟아져 나온 벌들은 미친 듯이 윙윙거리며 매트의 주위를 맴돌았다. 벌들의 날갯짓 소리가 세찬 바람의 몸부림처럼 점점 커졌다. 무언가 목덜미를 쏘는 듯한 느낌이 들더니 연이어 통증이 몰려왔다. 화난 벌들이 매트의 손과 아무것도 걸치지 않은 팔과 머리와 얼굴을 향해 까맣게 몰려들었다.

어떻게 나무에서 내려왔는지 기억조차 나지 않았다. 그래, 물이야! 물가로 가면 벌 떼를 피할 수 있을 거야. 매트는 비명을 지르고 팔을 마구 휘저으면서 연못으로 뛰어들었다. 매트 주위에는 온통 벌 천지였다. 벌 떼가 구름처럼 눈앞에서 소용돌이치는 바람에 아무것도 보이지 않았다. 발이 수렁으로 푹푹 빠져들었다. 매트는 한쪽 부츠가 수렁에 박혀 벗겨지는 것도, 뾰족한 나무뿌리에 채이는 것도 의식하지 못하고 물을 향해 돌진했다. 부러진 가지에 발이 걸리면 가지를 비틀어 뜯어냈다. 매트는 아픔으로 정신이 아득해지는 것을 느끼며 차가운 물속에 몸을 숨겼다.

곧 숨이 막혀 왔다. 물 바로 위에는 화난 벌들이 원을 그리며 날고 있었다. 매트는 머리를 물속에 깊이 처박고 숨이 차서 가슴이 터지려 할 때까지 견뎠다. 연못 가운데로 헤엄쳐 가려고 했지만 질질 끌리는 잡초에 자꾸만 발이 걸렸다. 발을 빼내려고 애를 쓰는데 날카로운 통증이 다리를 타고 올라왔다. 매트는 팔을 마구 허우적대며 다시 물속으로 가라앉았다.

그때 누군가가 매트를 들어 올렸다. 머리가 물 밖으로 나오자 매트는 있는 힘껏 숨을 들이켰다. 힘센 팔에 안긴 느낌이었다. 매트는 반쯤 의식이 나간 상태에서 아버지가 자기를 안고 있는 꿈을 꾸었다. 어떻게 이런 일이 일어날 수 있는지 의아한 생각도 들지 않았다. 이윽고 몸이 마른땅 위에 눕혀지는 느낌이 들었다. 눈두덩이 퉁퉁 부어 눈이 거의 감긴 상태였지만 자기를 굽어보고 있는 두 사람의 모습이 보였다. 검은 얼굴에 반은 벌거벗은 모습이었다. 마치 꿈을 꾸고 있는 것 같았다. 차츰 의식이 돌아오면서 그들이 인디언들이라는 것을 알았다. 나이 든 남자와 소년이었다. 남자가 목에 손을 대자 매트는 겁을 먹고 그 손을 밀어내려 했다.

"움직이지 마라."

낮고 굵은 목소리가 명령했다.

"벌침에는 독이 있다. 모두 빼내야 한다."

매트는 너무 기운이 없어 저항할 수도 없었다. 머리를 들 힘조차 없었다. 차가운 물속에 빠졌던 탓인지 머리끝에서 발끝까지 온몸이 불타는 것 같았다. 그런데도 몸은 계속 떨렸다. 매트는 남자의 손이 얼굴과 목, 몸 위를 분주히 오가는 동안 꼼짝없이 누워 있을 수밖에 없었다. 시간이 지나면서 매트는 이리저리 아픈 곳을 살피고 쓰다듬는 손길이 부드럽다는 걸 깨달았다. 두려움이 점점 사라져 갔다.

매트는 쉽게 의식이 돌아오지 않았다. 매트가 분명히 파악하기도 전에 모든 것이 다시 흐릿하게 지워졌다. 남자가 매트를 들어 올려 아기처럼 안았을 때도 저항할 수 없었다. 그러나 그들이 자기를 어디로 데려가고 있는지는 걱정하지 않아도 될 것 같았다.

얼마 후 매트는 자기가 오두막의 솔송나무 침대에 누워 있다는 걸 알았다. 인디언들은 가 버렸는지 보이지 않았다. 매트는 그냥 누워 있었다. 너무 지치고 몸이 아파서 어떻게 집까지 오게 되었는지 제대로 이해할 수 없었지만 윙윙대는 벌들과 질식할 것 같은 물속에서의 악몽이 끝났다는 것, 그리고 이제 안전하다는 것만은 분명했다.

시간이 얼마나 흘렀을까. 아까 그 인디언이 몸을 숙여 나무 숟가락을 입에 대 주고 있었다. 매트는 자기도 모르게 숟가락에 든 것을 삼켰다. 그것은 음식이 아니라 쓴맛이 나는 약이었다. 매트는 다시 홀로 남겨졌고 곧 깊은 잠 속으로 빠져 들었다.

친절한 인디언

매트가 잠에서 깨어났을 때는 상태가 많이 좋아져 있었다. 몸이 불타는 느낌도 들지 않았다. 눈도 뜰 수 있어서 지붕 틈새로 반짝이는 햇빛이 보였다. 주석 접시가 진열된 선반과 못에 걸린 윗도리 등 낯익은 것들이 눈에 들어왔다. 마치 오랜 여행을 마치고 집에 돌아온 기분이었다. 하룻밤하고도 반나절은 족히 잔 것 같았다.

오두막 문이 열리고 인디언이 들어오는 것을 본 매트는 얼른 몸을 일으켰다. 정신을 차리고 바라보니 백인들과 별다를 것 없는 평범한 사람이었다. 낡은 갈색 윗도리와 각반의 술 장식을 옆으로 늘어뜨린 차림새가 아버지와 비슷했다. 얼굴은 면도를 해서 말끔했고, 머리는 길고 검은 머리칼 한 묶음을 남겨 놓고는 모두 빡빡 밀었다. 아버지보다도 나이가 훨씬 더 많은 노인 같았다. 인디언은 매트가 깨어난 것을 보더니 활짝 미소를 지었다. 굳은 얼굴이 밝아졌다.

"좋다."

인디언의 목소리는 절반쯤 목 안에 잠겨 그르렁댔다.

"백인 소년, 많이 아팠다. 이젠 나았다."

매트는 아버지가 해 준 충고를 떠올리며 정중하게 인사를 건넸다.

"안녕하세요?"

인디언은 손가락으로 자신의 가슴을 가리키며 말했다.

"사크니스, 비버족."

그는 대답을 기다리는 듯했다.

"나는 매튜 핼로웰이에요."

"좋아. 백인이 너를 두고 갔나?"

"잠시 동안요. 아버지는 엄마를 데리러 갔어요."

이 인디언에게는 벤에게 그랬던 것처럼 거짓말을 하고 싶지 않았다. 매트는 뭔가 더 할 말이 없는지 적당한 표현을 떠올려 보았다.

"정말 고마워요. 할아버지가 나를 발견하지 못했으면 정말 큰일 날 뻔했어요."

"우린 너를 지켜봤다. 벌집이 있는 나무에 올라가다니, 백인 소년, 바보다."

'그랬구나. 숲에서 누군가 지켜보고 있다는 느낌이 맞았구나.'

인디언들은 어제 매트에게 집이 어디냐고 묻지 않고 바로 오두막으로 데려왔다. 그들이 자기를 지켜보고 있던 것이 큰 행운이기는 했지만 그래도 역시 몰래 훔쳐본 것은 꺼림칙했다. 자리에서 일어나 황급히 두 발을 바닥에 내려놓으려던 매트는 그만 주저앉고 말았다. 날카로운 통증이 다리를 타고 올라왔다.

그것을 눈치 챈 인디언이 매트에게 다가와 발목을 잡고 부드럽게 눌러 보았다.

"부러진 건가요?"

"아니, 부러지지 않았다. 금방 낫는다. 이제 자라. 약은 먹지 않아도 된다."

사크니스라고 자기를 소개한 인디언은 말을 마치자마자 바로 오두막을 나갔다. 문을 바라보던 매트는 그 인디언 노인이 들어오면서 뭔가를 탁자 위에 올려놓았다는 것이 생각났다. 절

뚝거리며 가 보니 나무 사발에 스튜가 담겨져 있었다. 걸쭉하고 기름진 맛에 알 수 없는 풀 냄새가 풍겼다. 먹고 나니 배가 든든하고 기운이 났다. 곁에 놓인 옥수수 빵은 매트가 만든 것보다는 거칠었지만 아주 맛있었다.

다음 날 인디언 노인이 소년을 데리고 왔다.

"내 웅퀘니스, 손자다. 이름은 아틴."

두 소년은 서로를 쳐다보았다. 인디언 소년의 검은 눈에서는 감정이 전혀 드러나지 않았다. 노인과는 달리 소년은 허리에 줄로 묶은 기저귀 같은 것 하나만 달랑 걸치고 있었다. 그것은 두 다리 사이를 감싸고 작은 앞치마처럼 앞뒤로 늘어져 있었다. 검고 숱이 많은 머리카락이 어깨 위로 흘러내렸다.

"아틴은 백인 소년과 같은 겨울을 보냈다, 그렇지 않나?"

인디언 노인은 손가락 열 개를 편 다음 다시 네 개를 더 펴 보였다.

"전 열세 살이에요."

매트도 손가락을 펴며 대답했다. 조금 찔리긴 했지만 어차피 다음 주면 열세 살이 될 테니까.

인디언 소년은 아무 말도 하지 않았다. 할아버지 때문에 억지로 온 것이 분명했다. 소년은 오두막 안을 살펴보면서 경멸하는 듯한 표정을 지었다. 매트는 의자에 발을 올리고 바보처럼 앉아 있는 자신의 모습이 쑥스러워졌다. 그래서 성한 다리에 의지해 자리에서 일어섰다.

인디언 노인이 매트에게 다듬지 않은 목발을 내밀었다. 매트는 두 사람이 지켜보는 앞에서 바로 목발을 사용하고 싶지는 않았지만, 노인이 그렇게 하기를 바란다는 것을 알 수 있었다. 간신히 몇 발짝을 떼어 놓자니 갑자기 자신의 몰골이 짜증스러워졌다. 목발이 이렇게 성가신 것일 줄은 상상조차 못했었다. 인디언 소년의 표정은 전혀 바뀌지 않았지만 속으로는 자기를 비웃고 있을 거라는 생각이 들었다. 소년의 까만 두 눈이 심술궂게 빛나고 있었던 것이다.

인디언들이 가자마자 매트는 목발에 의지해 걷는 연습을 시작했다. 열심히 한 덕에 곧 빠르게 돌아다닐 수 있게 되었다. 오두막 밖으로 나가 옥수수도 살펴보고 땔나무도 가져올 수 있을 정도였다.

그런데 신이 한 짝밖에 없다는 게 문제였다. 어머니가 손수 짜 준 모직 양말은 이미 닳아서 얇아져 있었다. 그걸 신고 거친 흙바닥을 걸어 다니면 금방 해져 버릴 터였다.

다음 날 아침 손자와 함께 오두막에 온 인디언 노인은 그것도 역시 알아차린 듯했다. 노인이 손으로 발을 가리키며 말했다.

"신이 없다."

"잃어버렸어요. 물에서 허우적거릴 때 진흙에 빠졌나 봐요."

매트는 인디언 소년이 빤히 지켜보는 앞에서 다시 한 번 바보가 된 것처럼 느꼈다.

사흘 뒤 인디언 노인이 매트에게 새 가죽신을 한 켤레 가져다주었다. 짙은 색 사슴 가죽으로 만든 멋진 신이었다. 기름칠을 해 광택이 나는 데다, 길고 튼튼한 끈이 있어 발목까지 감을 수 있었다.

"비버족 여자가 만들었다. 백인들 신보다 낫다. 백인 소년, 신어 봐라."

매트는 남은 한쪽 신을 벗어던지고는 냉큼 가죽신을 신었다. 정말 훨씬 훌륭했다! 사실 훌륭하다기보다는 멋지다고 해야 어울릴 것이다. 새로 만든 가죽신 특유의 딱딱함도 없었다. 어디를 디뎌도 우둘투둘한 느낌이 없고 발이 죄이지도 않았다. 또 아무것도 신지 않은 것처럼 발이 가벼웠다. 인디언들이 숲을 걸을 때 소리를 내지 않는 것이 그래서였구나 싶었다.

갑자기 부끄러움이 물밀듯 밀려왔다. 이 인디언은 자신의 생명을 구해 주고, 음식과 목발을 가져다주더니, 이제 가죽신까지

만들어 준 것이다. 어정쩡하게 "고맙습니다"라고 한마디 하는 것만으로는 너무도 부족했다. 보답으로 뭔가를 주어야 했다. 돈이 아닌 무언가로. 양철통에 은화 몇 닢이 있긴 하지만 매트는 자부심 강한 이 인디언 노인에게 돈을 줄 수는 없다고 생각했다. 매트는 절망하여 주변을 둘러보았다. 오두막 안에는 자신의 물건이라곤 거의 아무것도 없었다.

그때 선반 위에 있는 책 두 권이 눈에 들어왔다. 아버지가 메인 주로 올 때 가져온 것으로 한 권은 성경 책이었다. 그러나 감히 아버지의 성경 책을 줄 수는 없었다. 다른 책은 매트가 가장 아끼는 유일한 소유물, 『로빈슨 크루소』였다. 매트는 지금까지 수십 번도 더 읽은 그 책과 헤어져야 한다는 생각만으로도 고통스러웠지만 선물로 줄 수 있는 건 그것밖에 없었다. 매트는 절뚝거리며 방을 가로질러 가 선반에서 책을 꺼내 내밀었다.

인디언 노인이 책을 뚫어지게 바라보았다.

"사크니스 할아버지께 드리고 싶어요. 선물이에요, 받아주세요."

사크니스 할아버지는 손을 내밀어 책을 건네받았다. 그런데 책을 천천히 이리저리 뒤집어 보기만 할 뿐 전혀 즐거운 기색이 아니었다. 할아버지는 책을 펴더니 뚫어져라 들여다보았다. 민망하게도 책은 거꾸로 들려 있었다.

사크니스 할아버지는 영어를 모른다. 인디언이 영어를 모르는 것은 당연하다. 왜 그 생각을 못했을까. 매트는 큰 실수를 저질러 착한 인디언을 난처하게 만들었다고 생각했다. 인디언은 자존심을 건드리면 절대 용서하지 않는다는 얘길 들은 적이 있었다. 매트는 얼굴이 화끈거렸다.

그러나 사크니스 할아버지는 화가 난 것 같지 않았다. 책을 응시하던 할아버지의 검은 눈이 매트의 얼굴을 향했다.

"백인 소년, 이 표시들을 아나?"

매트는 당황스러웠다.

"백인 소년은 백인들이 여기에 써 놓은 것을 읽나?"

"네, 글을 읽을 줄 알아요."

사크니스 할아버지는 오랫동안 책을 이리저리 뒤집어 보았다. 놀랍게도 할아버지의 얼굴에 환한 미소가 떠올랐다.

"좋아."

사크니스 할아버지가 신음하듯 말했다.

"사크니스와 조약을 맺는다."

"조약이요?"

매트는 더욱 당황스러웠다.

"아틴은 사냥을 해서 백인 소년에게 새와 토끼를 잡아 준다. 백인 소년은 아틴에게 백인 표시들을 가르친다."

"저 애한테 글을 가르쳐 주라고요?"

"그렇다. 백인 소년은 아틴에게 책이 말하는 것을 가르친다."

매트는 믿을 수 없다는 표정으로 잠자코 듣는 인디언 소년에게 시선을 옮겼다. 순간 매트는 가슴이 철렁 내려앉았다. 소년의 얼굴에 드리운 경멸의 빛이 어두운 분노로 바뀌었던 것이다.

"싫어!"

격한 외침이 터져 나왔다. 이 말이 매트가 인디언 소년에게 들은 최초의 말이었다. 소년은 작은 소리로 알아들을 수 없는 말을 계속 중얼거렸다.

사크니스 할아버지의 엄숙한 표정에는 어떤 변화도 없었다. 그는 손자의 반항은 전혀 아랑곳하지 않았다.

"아틴, 배워야 한다."

사크니스 할아버지가 말했다.

"백인들이 우리 땅으로 점점 더 많이 몰려온다. 백인들은 담배로 조약을 맺지 않는다. 백인들은 종이에 표시를 쓰는데 인디언들은 그 표시를 모른다. 인디언들은 백인과 친구가 되었다는 뜻으로 종이에 표시를 한다. 그러면 백인들이 땅을 차지한다.

그러고는 인디언들에게 그 땅에서 사냥을 하지 말라고 말한다. 아틴은 백인들의 기호를 읽는 법을 배운다. 그러면 아틴은 사냥 터를 빼앗기지 않는다."

소년은 할아버지를 노려보았지만 더 이상 말대꾸는 하지 않았다. 그러더니 인상을 찌푸리고 어깨를 으쓱이며 오두막 밖으로 나갔다.

"좋아."

사크니스는 책을 다시 매트에게 돌려주었다. 그리고 차분하게 말했다.

"아틴은 내일 다시 온다."

첫 수업

　다음 날 아침 잠에서 깨어난 매트는 눈도 뜨기 전에 뭔가 잘 못되었다는 느낌을 받았다. 매트는 *끄응* 하는 신음을 내며 자리에 일어나 앉았다. 맞아, 아틴! 내가 뭐에 흘려서 인디언에게 책을 준 거지? 미개인에게 읽기를 가르친다는 게 도대체 가능한 일인가?

　매트는 어머니가 자기에게 글자를 가르치던 때를 떠올리려고 애썼다. 어머니 손에 들려 있던 갈색 표지의 어린이 독본이 또렷이 떠올랐다. 매트는 그 책이 너무 싫었었다. 글자마다 옆에 적힌 짧은 글귀들도 외워야만 했다.

A   Adam(아담)의 원죄로
우리는 모두 죄인이 되었다.

그 방법은 거의 쓸모가 없을 것 같았다. 솔직히 매트는 그게
정확히 무슨 뜻인지 지금도 알지 못했다. 자기도 모르는 걸 이
교도에게 설명한다면 그야말로 어리석은 짓이리라. 그때 다행
스럽게도 여동생 세라가 영국인에게 선물 받은 책이 떠올랐
다. 그 책에는 글자마다 그것을 설명하는 작은 그림이 그려져 있었
다. 터무니없는 아담 이야기도 없었다. A에는 Apple(사과)이
나왔다. 세라는 매트보다 운이 좋았다.

하지만 이 숲에는 사과가 없었다. 그렇다면 A를 설명하기 위
해 인디언이 이해할 수 있는 뭔가를 찾아내야 했다. 매트는 오
두막 안을 둘러보았다. T는 Table(탁자)이 있으니 됐고, 하긴 T
까지 진도가 나갈 것 같지도 않지만 말이다. A는 Arm(팔)이 어
떨까? 간단해서 쉽게 설명할 수 있을 것 같았다. B는? 매트는
전날 저녁밥으로 먹고 남은 다람쥐의 Bone(뼈)에 눈길을 보냈
다. C는 Candle(양초) 토막으로 해결되었다. D는? Door(문)는
아틴에게 딱 맞는 단어일 것 같았다. 아틴은 D를 배우기도 전
에 그 문을 박차고 나가 버릴 것이다. 분명 그러고도 남을 것 같

았다.

　매트는 아틴이 정말 올지 미심쩍었다. 그래도 준비를 해 두는 게 마음이 편할 것 같았다. 먼저 난롯불을 휘저어 키워 놓고 사크니스 할아버지가 두고 간 옥수수 빵 한 덩어리를 먹은 뒤 아틴을 가르칠 준비를 시작했다. 등받이 없는 의자 두 개를 나란히 놓고 『로빈슨 크루소』를 탁자 위에 올려놓았다. 그런데 종이와 잉크가 없었다. 매트는 구석에서 자작나무 껍질 한 다발을 가져다 얇게 뜯어내고, 나뭇가지를 날카롭게 깎았다. 그리고 자리에 앉아 아틴을 기다렸다.

　아틴은 죽은 토끼의 귀를 잡고 흔들면서 들어왔다. 그러고는 토끼를 탁자 위에 거만하게 던져 놓았다.

　"고마워. 정말 큰 토끼구나. 며칠은 충분히 먹을 것 같아."

　매트가 진심으로 고맙다는 인사를 했건만 아틴은 아무 대꾸도 없었다.

　"여기 앉아."

　매트가 말하자 아틴은 머뭇거렸다.

　"다른 사람한테 어떻게 읽기를 가르칠지 생각해 본 적은 없어. 하지만 시작할 방법을 생각해 냈어."

　인디언 소년은 말없이 자리에 앉았다. 삼나무 기둥처럼 곧고

군은 태도였다. 매트가 그의 의자 쪽으로 몸을 숙이자 아틴의 표정이 더욱 일그러졌다. 백인 소년이 가까이 다가오는 게 너무나 싫다는 표정이었다. 매트는 '아니, 그렇게까지 까다롭게 굴 필요는 없잖아' 하고 생각했다. 아틴이 풍기는 냄새도 만만치 않았던 것이다. 아틴의 몸과 머리카락은 동물 기름으로 번들거렸고, 느끼한 기름 냄새가 오두막을 가득 채웠다. 인디언들이 모기를 쫓기 위해 기름을 바른다는 얘기는 들었지만 이렇게 지독한 것을 바르느니 차라리 모기에 물리는 게 나을 것 같았다. 매트는 자작나무 껍질 위에다 글자를 썼다.

"이게 제일 첫 글자야."

매트가 설명했다.

"A. Arm, 팔이라고 할 때의 A지."

매트는 자기 팔을 가리키며 이 말을 여러 번 되풀이했다. 아틴은 여전히 고집스럽고 차가운 표정으로 침묵을 지켰다. 매트도 입을 다물었다.

'나도 너만큼은 고집이 있다고.'

매트는 마음을 단단히 먹었다. 그리고 『로빈슨 크루소』를 펼쳤다.

"여기서 A를 찾아보자."

매트는 조급해지는 마음을 억누르며 손가락으로 글자를 가리켰다.

"이제, 네가 한번 해 봐."

아틴은 아무 말 없이 책을 뚫어지게 바라보았다. 그러더니 좀 주저하는 듯한 태도로 때 묻은 손가락을 A자 위에 올려놓았다. 매트가 예상치 못했던 반응이었다.

"좋아."

매트는 사크니스 할아버지의 말투를 흉내 내어 말했다.

"다른 걸 찾아봐."

여태껏 한 마디도 않던 인디언 소년이 갑자기 입을 열었다.

"백인 책 바보 같다. 종이 위에 전부 팔, 팔, 팔만 썼다."

아틴이 비웃었다.

매트는 어리둥절했다. 하지만 곧 자신의 실수를 깨닫고 다시 설명해 주었다.

"A로 시작되거나 A가 들어 있는 말은 수백 개나 돼. 그리고 A 말고 글자가 스물다섯 개 더 있어."

아틴이 경멸하는 표정으로 물었다.

"얼마나 오래?"

"무슨 말이야?"

"아틴은 얼마나 오래 책 속의 기호를 배워야 하지?"

"꽤 걸릴 거야. 이 책에는 아주 긴 단어들도 많거든."

"달 하나(a moon)?"

"한 달(month)? 그걸론 택도 없지. 아마 일 년은 걸릴걸."

아틴은 재빨리 팔을 거둬들이더니 책을 탁자에 휙 던져 버리곤 매트가 뭐라 말할 새도 없이 오두막을 나가 버렸다.

"이게 마지막 수업인 것 같군."

매트는 혼잣말을 했다. 그리고 신나게 토끼 가죽을 벗기기 시작했다.

로빈슨 크루소

다음 날 아침, 아틴이 다시 오지 않을 거라고 생각하니 매트는 조금 섭섭한 기분이 들었다. 그런데 아틴이 한마디 인사도 없이 문을 열고 들어와 탁자에 앉았을 때는 화가 나는 건지 안심이 되는 건지 갈피를 잡을 수가 없었다.

매트는 B는 건너뛰기로 마음먹었다. 간밤에 더 좋은 방법을 생각해 냈던 것이다.

"이 책은 조약이 아니야. 이야기지. 배가 난파되는 바람에 표류하다가 무인도에 도착한 어떤 사나이의 이야기야. 내가 한번 소리 내서 읽어 볼게."

매트는 『로빈슨 크루소』의 첫 장을 펴서 읽기 시작했다.

나는 1632년,

요크 시에서 태어났다…….

매트는 거기서 멈췄다. 이 책을 처음 읽을 때 첫 장이 너무 지
겨워 바로 책을 덮었던 기억이 떠올랐던 것이다. 시작 부분은
건너뛰고 아틴의 관심을 끌 수 있는 모험담으로 바로 들어가는
편이 나을 것 같았다.

"로빈슨이 바다에서 폭풍을 만난 이야기부터 읽어 줄게."

이 책은 하도 많이 읽어서 어디에 어떤 내용이 있는지 훤했
다. 매트는 마치 자기가 물에 빠져 허우적거리기라도 하는 양
심호흡을 하고 로빈슨 크루소가 구명보트에서 떨어져 파도에
휩쓸려 가는 부분을 읽어 내려갔다.

물에 잠길 때 느꼈던 그 혼란스러움은 표현할 방법이 없
다. 나는 수영을 아주 잘했지만 파도 위로 머리를 내밀고
숨을 쉬는 건 불가능했다. 집채보다 높은 파도가, 그 어떤
적보다 분노한 적이 되어 나를 뒤쫓고 있었으니까…….

매트는 고개를 들어 아틴을 바라보았다. 아틴은 조금도 관심이 없어 보였다. 한마디라도 알아듣긴 들은 걸까? 낙담한 매트는 슬그머니 책을 내려놓았다. 바다에서 폭풍을 만난 이야기가 평생을 숲 속에서 살아온 저 미개인과 도대체 무슨 상관이란 말인가?

"있잖아, 좀 더 읽다 보면 재미있어질 거야."

매트는 자신 없이 말했다.

그런데 아틴은 이번에도 매트를 놀라게 했다.

"그 백인이 바다에서 살아나는 거야?"

아틴이 물었다.

"그래, 맞아."

매트는 갑자기 기분이 좋아져서 대답했다.

"배 안에 있던 사람들은 모두 물에 빠져 죽고, 이 남자 혼자만 무인도로 떠내려가게 돼."

인디언 소년이 고개를 끄덕였다. 만족스런 표정이었다.

"좀 더 읽을까?"

아틴이 다시 고개를 끄덕였다.

"오늘은 그만 하자. 내일 다시 와."

그 다음 날 아침 매트는 읽고 싶은 부분을 펼쳐 놓고 기다렸다. Bone이니 B 같은 건 염두에도 없었다.

"이젠 태풍이 지나고 다음 날 아침이야."

매트가 설명했다.

"로빈슨 크루소가 주변을 둘러보니 배의 한 쪽 부분은 아직 가라앉지 않은 거야. 그는 배로 헤엄쳐 가서 몇 가지 물건들을 건져 내 해변으로 날랐어."

매트는 아틴이 알아듣기나 하는 건지 여전히 알쏭달쏭했다. 이윽고 매트가 읽는 속도를 늦추었다. 나무토막에게 책을 읽어 주는 건 맥 빠지는 일이다. 그때 아틴이 입을 열었다.

"백인은 인디언처럼 현명하지 않다."

아틴은 경멸하듯 말했다.

"인디언은 배에서 날라 온 물건은 필요 없다. 필요한 건 모두 만든다."

매트는 실망스럽기도 하고 기분도 언짢아져서 책을 내려놓았다. 이제 알파벳으로 넘어가도 될 것 같았다. 매트는 자작나무 껍질에 B라고 썼다.

아틴이 가고 난 뒤 매트는 로빈슨 크루소와 그가 배에서 어렵사리 건져 낸 물건들에 대해 곰곰이 생각해 보았다. 예를 들면 목수용 상자 같은 것들이었다. 못 주머니와 탄약 두 통, 그리고 도끼 열두 자루라니. 한 다스나 되는군. 매트와 아버지가 메인 주에 올 때는 도끼 한 자루와 까뀌(나무를 찍어 깎는 연장) 한 자루만 가져왔을 뿐인데. 매트와 아버지는 그것만 가지고도 나무를 베어 내 못 하나 쓰지 않고 오두막을 짓고, 탁자와 걸상을 만들었다. 그런데 로빈슨 크루소는 침상을 만드는 대신 해먹을 찾아내 침대로 사용했다. 매트는 그런 것들이 아틴에게 어떻게 들렸을지 이해할 수 있을 것 같았다. 그러니까 로빈슨 크루소는 무인도에서 제왕처럼 이것저것 갖추어 놓고 살았던 셈이었다.

인디언 덫

　며칠 뒤, 수업을 마칠 무렵이었다. 매트가 아틴에게 슬쩍 말을 걸어 보았다.

　"그런데 저 토끼는 어떻게 잡은 거니?"

　매트는 아틴이 탁자에 던져 놓은 토끼를 가리키며 물었다.

　"총알구멍이 없던데."

　"인디언은 토끼 잡을 때 총 안 쓴다."

　아틴이 비웃듯 대답했다.

　"그럼 어떻게 잡니? 다른 흔적도 없더라."

　아틴은 매트의 물음에 곧바로 대답하지 않고 잠시 생각에 잠겼다. 그러더니 어깨를 으쓱해 보이며 말했다.

"아틴이 보여 준다. 따라와."

매트는 깜짝 놀랐다. 인디안 소년이 처음으로 던진 신호였다. 신호라기엔 좀 이상할 수도 있지만. 하여간, 아틴은 한 번도 이렇게 친근하게 말한 적이 없었다. 하지만 당장은 그 이유를 궁금해하고 있을 짬이 없다. 아틴은 벌써 공터를 가로질러 걷고 있었고, 매트가 뒤따라오리라는 걸 전혀 의심치 않는 눈치였다. 매트는 기쁘기도 하고 궁금하기도 해서 절뚝거리며 따라갔다. 더 이상 목발을 짚지 않아도 된다는 게 고마울 따름이었다.

아틴은 공터 가장자리에 이르자 걸음을 멈추고 땅을 유심히 살폈다. 그러더니 몸을 구부려 전나무 아래 흙을 파고는 기다란 뱀처럼 생긴 나무뿌리를 확 잡아당겼다. 그리고 허리에 찬 가죽 주머니에서 칼날이 갈고리 모양으로 휘어진 칼을 꺼냈다. 아틴은 단 한 번의 손놀림으로 뿌리 끝을 둘로 가른 뒤 이빨로 껍질을 벗겨 냈다. 그러고는 두 가닥으로 나누어 넓적다리에 대고 꼬았다. 그런 다음 잡목 숲을 헤쳐 1미터 정도 떨어진 곳에서 두 갈래진 어린 나무를 찾아냈다. 매트는 몸 쪽으로 칼날을 향하게 하지 말라고 배웠는데, 아틴은 칼을 가슴 쪽을 향해 당기면서 잔가지들을 쳐냈다. 그리고 큼직한 막대기 하나를 잘라 내서 어린 나무의 갈라진 가지 부분에 살짝 걸쳐 놓았다. 실처럼 꼰 나무뿌리로는 올가미를 만들어 땅에 닿을 정도로 늘어뜨렸다. 아틴은 이 모든 것을 눈 깜짝할 사이에 해치워 버렸다.

"토끼가 이 덫으로 뛰어든다."

마침내 인디언 소년이 입을 열었다.

"가지를 덤불 쪽으로 잡아당겨라. 그러면 백인 소년은 토끼를 죽일 수 있다."

"기막히군. 난 한 번도 덫을 만들어야겠다는 생각은 못했어. 밧줄이나 철사 없이도 이렇게 덫을 만들다니!"

매트가 감탄하며 말했다.

"더 만들어야 한다. 조금 떨어진 곳에."

아틴은 숲 쪽을 가리키면서 말했다.

아틴이 가고 난 뒤에 매트는 덫 두 개를 더 만들었다. 하지만 너무 초라해 보여 그리 자랑스럽진 않았다. 미끄러운 뿌리를 가르는 건 보기보다 쉽지 않았다. 또 뿌리를 꼬는 방법을 익히는 데도 상당히 오랜 시간이 걸렸다. 나무뿌리도 여러 개 망가뜨렸다. 매트가 만든 덫은 아틴이 만든 것처럼 부드럽게 움직이진 않았지만 튼튼해 보이긴 했다.

다음 날 매트는 자기가 만든 덫을 아틴에게 보여 주었다. 혹시 한마디라도 인정하는 말을 해 주지 않을까 기대했지만 아틴은 그르렁거리는 소리를 내며 어깨를 으쓱했을 뿐이다. 아틴의 눈엔 매트가 만든 덫이 장난감처럼 보였을지 모른다. 그런데 사흘째 되던 날, 동물은 도망치고 없었지만 매트의 덫 하나가 뒤집혀 있었다. 그리고 그 다음 날에는 기쁘게도 자고새 한 마리가 덤불에 걸려 버둥대고 있었다. 이번에는 아틴의 그르렁거리는 소리가 사크니스 할아버지가 "좋아!"라고 말할 때와 비슷하게 들렸다. 인디언 소년은 매트가 덫을 다시 놓는 것을 조용히 바라보았다. 오두막으로 돌아오자 매트는 아틴의 흉내를 내며 자신의 포획물을 무관심한 척 탁자 위에 던졌다.

"네가 더 이상 먹을 걸 가져다주지 않아도 될 것 같아. 나도 이젠 사냥을 할 수 있으니까."

매트는 은근히 뻐기듯이 말했다.

그런데도 아틴은 아침마다 뭔가를 가져왔다. 방금 잡은 동물들만이 아니었다. 그는 토끼나 오리 고기가 언제 바닥이 날지 환히 알고 있는 것 같았다. 가끔 옥수수 빵을 가져오기도 했고, 나무 열매가 가득 든 주머니를 건네기도 했다. 한번은 단풍당으로 만든 케이크를 가져다주었다. 할아버지와 매트가 맺은 조약을 충실히 지켜야 한다고 여기는 게 틀림없었다.

매트 역시 자신의 의무에 충실하려고 애썼다. 수업이 괴로운 건 두 사람 다 마찬가지였지만. 매트는 자신이 얼마나 변변치 못한 선생인지 잘 알고 있었다. 가끔은 아틴이 자기도 모르게 공부에 빠져 든 것처럼 보일 때도 있었다. 아틴은 일단 알파벳 스물여섯 글자를 다 익혀야 한다는 사실을 받아들이자, 매트가 찾아낸 candle, door, table 같은 유치한 단어들을 비웃기라도 하듯 단숨에 알파벳을 익혔다. 그리고 얼마 지나지 않아 쉬운 단어들을 읽을 수 있게 되었다. 문제는 백인이 쓰는 말은 모두 무의미하다고 무시하는 아틴의 태도였다. 둘은 수업을 서둘러 끝내고 『로빈슨 크루소』를 읽었다. 매트는 아틴이 날마다 오두막을 찾아오는 유일한 이유는 그 이야기를 듣고 싶기 때문이라고 생각했다.

매트는 설교조의 내용은 다 건너뛰고 자기가 좋아하는 부분만 골라 읽었다. 로빈슨이 원주민 프라이데이를 구해 주는 장면에 들어갔을 때였다. 아틴은 조용히 귀를 기울였고, 매트도 흥미진진한 이야기 속으로 푹 빠져 들었다.

외진 해변에 이상한 발자국이 나 있고 카누가 대어져 있다. 이상하고 사납게 생긴 사람들이 포로 둘을 끌고 와 그중 하나를 잔인하게 살해했다. 그들은 사람을 잡아먹는 식인종들이었다. 이제 잔치를 위한 모닥불이 활활 타오르고 있었다.

갑자기 두 번째 포로가 필사적으로 도망치기 시작하더니 숨어서 그 광경을 지켜보고 있던 로빈슨 쪽으로 곧장 달려왔다. 식인종 둘이 무시무시한 고함을 내지르며 그 뒤를 쫓아왔다. 이 대목에서 매트가 슬쩍 고개를 들어 보니 아틴이 눈을 반짝이며 듣고 있었다. 매트는 서둘러 계속 읽었다. 이 대목에선 건너뛸 필요가 전혀 없었다. 로빈슨은 포로를 뒤쫓아 온 식인종 하나를 힘껏 때려서 뻗게 만들었다. 그러고는 나머지 한 놈이 활에 화살을 먹이는 것을 보고 총을 쏘아 죽였다. 매트는 계속 읽어 내려갔다.

도망치던 가여운 원주민은 자신을 추격하던 식인종들이 쓰러진 것을 보고 멈추었지만…… 총소리와 화염에 놀란 나머지 극심한 공포에 질려 있었다. 그는 그 자리에 꼼짝 않고 서서 움직이지 못했다. ……나는 다시 한 번 큰 소리로 부르며 그에게 가까이 오라는 손짓을 했다. 그는 그 신호를 알아들었는지 조금씩 다가오더니 곧 다시 멈추고 말았다. ……그 원주민은 자신이 포로로 잡혀 조금 전의 식인종들처럼 살해라도 당할 거라고 생각하는 듯 벌벌 떨고 있었다. 나는 그에게 다시 이쪽으로 오라고 손짓을 하고, 그를 안심시키기 위해 온갖 신호들을 보냈다. 그는 조금씩 다가오기는 했지만 열두어 걸음 걸을 때마다 무릎을 꿇고 살려 달라는 동작을 취했다. 나는 웃음을 띠고 친절한 표정을 지어 보이면서 더 가까이 오라는 손짓을 했다. 마침내 내 앞까지 다가온 원주민은 다시 무릎을 꿇었다. 그리고 땅에다 입맞춤을 하고는 내 발을 붙잡고 발 위에 이마를 댔다. 나의 노예가 되어 영원히 복종하겠다는 맹세처럼 보였다……

바로 그때 아틴이 벌떡 일어섰다. 분노의 검은 구름이 아틴의 얼굴에 어려 있던 즐거움을 모두 몰아가 버렸다.

"안 돼! 그러지 않아."

아틴이 소리쳤다.

매트는 당황해서 읽는 걸 멈췄다.

"그는 절대 그렇게 하지 않아!"

"뭘 그렇게 하지 않는다는 거야?"

"백인한테 무릎을 꿇지 않아!"

"하지만 로빈슨이 목숨을 살려 줬잖아."

"무릎을 꿇는 건 안 돼. 노예가 되는 것도 안 돼. 차라리 죽는

게 나아."

아틴은 성을 내며 말했다.

매트가 반박하려고 입을 열었지만 아틴은 기회를 주지 않았다. 아틴은 굳은 표정으로 성큼성큼 오두막 밖으로 나가 버리고 말았다.

'이제 다시는 공부하러 오지 않겠군.'

매트는 천천히 조금 전에 읽은 부분을 다시 읽어 보았다. 매트는 지금까지 한 번도 이 이야기에 의문을 가진 적이 없었다. 로빈슨 크루소처럼 야만인들이 백인의 노예가 되는 것은 당연하고 정당한 거라고 생각했기 때문이다. 과연 그렇지 않을 수도 있는 것일까? 매트는 새롭게 떠오른 생각과 힘겹게 씨름하기 시작했다.

낚시

다음 날 아침 아틴이 오두막 안으로 뻣뻣하게 걸어 들어와 탁자에 앉았다. 아틴이 오지 않을까 봐 조바심을 내던 매트는 그제야 마음이 놓였다. 매트는 허둥대며 수업 준비를 하고 가능한 한 빨리 『로빈슨 크루소』를 집어 들었다. 아틴이 한 번 더 기회를 준다면 무슨 말을 해야 할까 밤새 이리저리 생각했었다. 이제 빨리 말해야 했다. 아틴이 왜 그렇게 성을 냈는지 이제는 이해가 되었기 때문이었다.

"책을 계속 읽게 해 줘."

매트가 간청했다.

"이제 이야기가 달라질 거야. 프라이데이, 그건 로빈슨이 원주민에게 지어 준 이름인데, 프라이데이는 더 이상 무릎을 꿇지 않아."

"노예가 아닌 거야?"

"그럼. 앞으로는 둘이 친구가 된다는 내용이야. 둘은 모든 것을 함께 하지."

매트는 거짓말을 했다.

매트는 아틴의 얼굴에 떠오르는 의심스런 표정을 못 본 체하고 서둘러 책을 읽어 나갔다. 책 내용을 꿰뚫고 있었기 때문에 어떤 부분이 문제가 될지 잘 알고 있었다. 로빈슨이 프라이데이에게 제일 처음 가르쳐 준 말은 '주인님'이었다. 매트는 그 부분을 미리 짚어 내고 슬쩍 넘어갔다. 로빈슨과 그의 새 친구가 함께 돌아다니고 함께 모험을 한 것은 사실이었다. 단지 프라이데이가 그렇게 머리가 둔하지 않다면 얼마나 좋았을까! 매트는 그 점이 아쉬웠다. 어쨌든 그 지역에서 평생을 살아온 원주민이라면 그 무인도에 대해 가르쳐 줄 것이 최소한 한두 가지는 있었을 테니까.

매트가 책을 덮자 아틴은 고개를 끄덕였다. 그러고는 전에도 몇 번 그랬듯 매트를 놀라게 했다.

"낚시 좋아해?"

"응, 좋아해."

매트는 반갑게 대답했다.

문 옆에 놓아둔 낚싯대를 집으려고 잠시 멈추었던 매트는 아틴을 따라잡기 위해 힘껏 뛰어야 했다. 인디언 소년은 벌써 저만치 앞에서 성큼성큼 걸어가고 있었다. 매트는 자기가 입이 귀에 걸릴 정도로 환하게 웃고 있다는 것을 알았다. 매트는 아틴처럼 감정을 감출 수가 없었다.

둘은 꽤 먼 길을 걸었다. 매트는 인디언의 빠른 걸음을 따라잡기가 쉽지 않았지만 발목이 아프다는 사실을 아틴이 눈치 채게 하고 싶지는 않았다. 아틴은 이미 나 있는 길로 가지 않는 것 같았다. 두 소년이 도착한 곳은 매트가 한 번도 가 보지 않은 샛강이었다. 물은 얕았고 바닥은 바위와 자갈투성이였다. 넘실대는 물결은 급류를 이루기도 하고, 조용한 웅덩이에 모여들기도 했다. 아틴은 어린 나무의 가지를 꺾더니 주머니칼로 끝을 날카롭게 깎아 내서 작살을 만들었다. 매트는 아틴이 작살을 들고 조용히 물가로 다가가는 모습을 가만히 바라보았다.

아틴은 꼼짝 않고 서서 맑은 물이 고인 곳을 한동안 응시하다가 갑자기 몸을 숙여 번개처럼 날랜 동작으로 작살을 내리꽂았다. 다음 순간 아틴의 손에는 반짝이는 물고기 한 마리가 들려 있었다. 감탄하는 매트 앞에서 물고기를 잠시 살펴보던 아틴이 사뭇 진지하게 말했다.

"너무 작군."

그러고는 알아들을 수 없는 말을 몇 마디 중얼거린 다음 물고기를 다시 강으로 집어던졌다. 잠시 후, 다시 잡아 올린 놈은 꽤 큼직했다.

"너도 나처럼 해 봐."

아틴이 둑으로 올라와 매트에게 작살을 쥐어 주었다.

매트는 작살질을 시작하기도 전에 아틴이 얕잡아 보는 표정으로 바라볼 거라는 걸 알았다. 매트는 얕은 물에 들어가 무릎을 구부리고 미끄러지는 물살을 뚫어져라 바라보았다. 갑자기 물고기 한 마리가 쏜살같이 지나갔다. 어느 것이 그림자고 어느 것이 진짜 물고기인지 구분하기가 쉽지 않았지만 분명 물고기 같았다. 하지만 놈은 매트의 작살이 물에 닿기도 전에 사라져 버렸다. 잠시 후 무언가가 웅덩이 안에서 조용히 헤엄치는 것이 느껴졌다. 이번엔 틀림없어 보였다. 매트가 있는 힘을 다해 작살을 찔렀지만 작살은 미끈한 물고기를 살짝 스쳐 지나갔을 뿐이었다. 약이 오른 매트가 다시 한 번 온 힘을 다해 돌진하려는 순간, 그만 발을 헛디디면서 물속으로 첨벙 빠지고 말았다. 그

통에 가까이 있던 물고기들이 모두 도망가 버리고 말았다. 아틴은 알 수 없는 미소를 띤 채 매트가 물을 뚝뚝 흘리며 강둑으로 올라오는 모습을 바라보고 있었다.

차가운 물을 뒤집어썼는데도 매트는 얼굴이 화끈거렸다. 아틴은 왜 나를 여기까지 데리고 온 걸까? 자기 솜씨를 자랑하고 싶어서? 나를 바보로 만들기 위해서? 아니면 내가 로빈슨 크루소라도 된 듯 착각할까 봐 비웃어 주고 싶어서? 매트는 인디언이 하듯 어두운 표정으로 아틴을 쏘아보았다. 그러고는 손등으로 콧등의 물기를 훔치고 둑으로 올라가 자신의 낚싯대를 집어들고 젖은 잎사귀 아래에서 통통한 벌레 한 마리를 잡아 바늘에 끼웠다.

"나는 내 방식대로 잡을 거야. 이걸로도 많이 잡을 수 있어. 몇 마리를 잡느냐가 중요한 거지."

아틴은 둑에 앉아 매트를 지켜보았다. 다행히 곧 낚싯줄이 팽팽해졌다. 아주 센 놈이구나. 잘생긴 물고기 한 마리가 세차게 파닥이면서 수면 위로 끌려 올라왔다. 매트는 힘을 주어 잡아당겼다. 그런데 갑자기 낚싯줄이 물 위로 튕겨 오르는 바람에 매트는 또 한 번 중심을 잃을 뻔했다. 게다가 줄엔 아무것도 달려 있지 않았다. 아틴이 말했다.

"놈이 줄을 끊었어."

누가 그걸 모른대? 아틴과 물고기, 또 자기 자신을 향해 화가 솟구친 매트는 아틴의 얼굴을 바로 쳐다보기가 민망해 끊어진 낚싯줄을 살펴보았다. 물고기만 놓친 것이 아니라 낚싯바늘도 떨어져 나갔다. 바늘이라곤 그것 하나뿐이었다.

아틴이 알아챈 것은 물론이었다. 녀석의 까만 눈은 못 보고 지나치는 것이 없었다.

"새 바늘을 만들자."

아틴이 제안했다.

아틴은 훌쩍 일어서는가 싶더니 벌써 뛰어가 단풍나무 잔가지를 꺾었다. 그러곤 휘어진 주머니칼을 다시 꺼냈다. 아틴은 칼질 몇 번으로 나무 조각을 새끼손가락만 하게 잘라 내 중간에 홈을 내고 양끝을 날카롭게 깎았다. 그런 다음 물가로 가서 능숙하게 낚싯줄을 홈 둘레에 묶었다.

"벌레 두 마리를 끼워. 바늘을 완전히 덮도록 말이야."

아틴은 벌레까지 잡아 주지는 않았다. 매트는 낚시하는 재미가 완전히 사라져 버렸다. 어떻게 하든 자신은 아틴에게 재밋거리를 제공할 뿐이라는 걸 알았기 때문이다. 하지만 아틴의 말을 거부할 수는 없었다.

얼마 뒤 물고기가 또 입질을 했다. 이번에는 손쉽게 낚아 올렸다.

"좋아."

강둑에서 아틴이 소리쳤다.

"크다."

매트는 물고기를 낚싯줄에서 빼내려 했다.

"이놈이 바늘을 삼켜 버렸어."

"그건 백인들이 쓰는 바늘보다 좋은 거다. 물고기 뱃속에서 꺼내라. 버리지 말고."

둑으로 돌아온 매트는 물고기 배를 갈라 줄과 바늘을 빼냈다. 그러나 바늘로 쓴 가느다란 가지는 두 동강 나 있었다.

"바늘 만드는 건 쉽다. 여러 개 만들자."

물론 그럴 것이다. 매트는 손에 든 간단한 나무 바늘을 내려다보면서 앞으로는 절대 낚싯바늘 때문에 걱정할 일은 없을 거라고 생각을 했다. 필요하면 언제든지 만들어서 쓸 수 있을 테니까. 아틴은 덫에 이어 두 번째로 필수품을 마련하는 방법을 가르쳐 준 셈이다. 아틴이 왜 그렇게 열심인지는 알 수 없었다. 내키지는 않았지만 이번에도 매트는 아틴에게는 백인들의 도구가 전혀 필요 없다는 걸 다시 한 번 인정할 수밖에 없었다.

갑자기 배가 고파졌다. 해는 머리 위에서 내리쬐고 있었고, 집에 돌아가서 물고기를 요리하려면 다시 숲길을 한참 걸어야 했다. 아틴도 같은 생각을 하고 있는 것 같았다.

인디언 소년은 솔잎과 풀을 쌓아 올렸다. 그러고는 사향쥐 가죽으로 된 주머니에서 석영이 박혀 있는 단단한 돌 하나를 꺼냈다. 칼로 돌을 부딪치니 바로 불꽃이 일었다. 아틴은 입김을 후후 불어 불을 지폈다.

'나도 저 정도는 할 수 있어.'

매트는 생각했다. 그러나 사실, 불을 붙여 본 적은 많았지만 아틴처럼 평범한 돌을 쓸 수 있다는 건 몰랐다.

"물고기를 다듬어."

아틴이 둑에 놓인 물고기 두 마리를 가리키며 말했다. 매트는 아틴의 고압적인 말투가 마음에 들지 않았지만 시키는 대로 따랐다. 물고기를 갈라 내장을 꺼내고 물에 씻을 때쯤, 아틴이 지핀 불이 활활 타오르고 있었다. 매트는 아틴이 어떻게 요리할지 궁금해서 가만히 지켜보았다.

아틴은 작은 가지 두 개를 꺾어 생나무인지 확인하기 위해 구부려 보더니 재빨리 가지를 다듬어 뾰족하게 만들었다. 그러고는 뾰족한 부분을 물고기의 머리에서 꼬리로 끼워 넣은 다음 작은 생가지를 가로로 끼워 물고기를 양옆으로 벌렸다. 아틴이 가지에 끼운 물고기 한 마리를 매트에게 건네주었다. 두 소년은 불가 양쪽에 쪼그리고 앉아 생선을 끼운 꼬챙이를 불에 갖다 댔다. 아틴이 가끔 마른 가지를 던져 넣어 불길을 살렸다. 생선이 바삭바삭하게 갈색으로 익자 둘은 말없이 먹기 시작했다.

물고기를 다 먹은 매트가 손가락을 빨았다. 아틴을 미워하던 마음은 배고픔과 함께 사라져 버렸다.

"기막히다. 내가 먹어 본 생선 중 최고야."

"좋아."

불 건너편에서 매트를 바라보는 아틴의 눈이 반짝거렸다. 아틴이 매트를 향해 웃음을 지었는데 이번에는 비웃음이 담겨 있지 않은 것 같았다.

"아까, 잡은 물고기를 다시 던져 넣을 때 뭐라고 말한 거니?"

매트는 그것이 아직도 궁금했다.

"다른 물고기들에게 말하지 말라고 했다. 그러면 도망가 버리잖아."

아틴이 진지한 표정으로 말했다.

"넌 물고기가 말을 알아들을 수 있다고 믿니?"

아틴은 어깨를 움츠렸다.

"물고기들은 아는 게 많아."

그 말을 곱씹으면서 앉아 있던 매트가 이윽고 입을 열었다.

"하여간 효과는 있었나 보네. 다른 물고기가 잡혔으니까."

아틴의 얼굴에 환한 미소가 번졌다. 아틴이 그렇게 웃는 건 처음이었다.

비버족의 표식

아침에 일어난 매트는 날짜 막대들을 나란히 늘어놓았다. 막대는 모두 일곱 개, 각각의 막대에는 일곱 개씩 금이 그어져 있다. 벌써 8월로 접어든 것이다. 옥수수수염은 황금빛으로 반짝였고, 버팀대 아래 자리 잡은 초록빛 호박들도 단단히 여물어서 이젠 황금빛을 띠어 가고 있다. 아버지가 돌아올 때가 되었다. 아버지가 어머니와 세라, 새로 태어난 아기를 데리고 언제 공터로 들어설지 알 수 없었다. 아직 한 번도 보지 못한 가족이 있다는 건 낯선 기분이었다. 여동생일까, 남동생일까? 가족들이 다시 한자리에 둘러앉으면 얼마나 기쁠까?

매트는 이 읽기 수업을 어머니가 맡아 주면 좋을 것 같았다.

수업 분위기는 점점 더 나빠져 갔다. 더 이상 고기나 생선을 가져다줄 필요가 없는데도 아틴은 거의 매일 아침 오두막을 찾아왔다. 매트는 아틴이 수업 받기 싫다는 표정을 노골적으로 드러내면서도 왜 계속 오는지 그 이유를 알 수가 없었다. 아틴은 매트를 불편하게 하고, 더러는 웃음거리로 만들기도 했다. 하지만 아틴이 오지 않는 날은 시간이 훨씬 더디게 가는 것 같았다.

아틴은 가끔 아침 수업이 끝났는데도 서둘러 돌아가려 하지 않았다.

"토끼가 걸렸는지 보러 가자."

아틴이 이렇게 제안하면 둘은 함께 나가 덫을 살폈다. 때로는 샛강까지 한참을 걸어가 명당자리를 잡고 낚시를 하기도 했다. 아틴은 많은 시간을 자유롭게 보내는 것 같았다. 어떤 때는 매트 주변을 빈둥거리면서 매트가 집안일 하는 것을 구경했다. 또 옥수수 밭 옆에 서서 매트가 잡초 뽑는 모습을 지켜보기도 했다.

한번은 아틴이 이런 말을 했다.

"그건 여자들이나 하는 일이야."

매트는 얼굴을 붉히며 반박했다.

"우린 이걸 남자가 할 일이라고 여겨."

아틴은 아무 말도 하지 않았다. 그는 절대 도와주는 법이 없었다. 잠시 동안 있다가 인사도 없이 획 가 버리기도 했다. 매트는 집안일 따윈 하지 않고 하루 종일 마음대로 사냥이나 낚시를 할 수 있다면 정말 좋겠다고 생각했다. 하지만 그건 아버지 방식이 아니었고, 앞으로도 절대 그럴 일은 없을 것이다. 언제나 할 일이 기다리고 있지만, 오늘 옥수수 밭을 매거나 나무를 패어 두면 내일은 아틴과 함께 낚시를 갈 수 있다. 아틴이 가자고만 해 준다면 말이다.

아틴은 가끔 늙은 개를 데리고 나타났다. 그렇게 딱하게 생긴 사냥개는 세상에 없을 것이다. 거친 갈색 털에, 지저분한 꼬리하며, 얼굴엔 하얀 점이 있어 우스꽝스럽기까지 했다. 긴 점이 박힌 코는 얼굴 모양이나 털과 전혀 어울리지 않았다. 귀에는 숱한 격전의 상처가 남아 있었다. 녀석은 매트를 보자마자 등줄기에 털을 세우고 낮게 으르렁거렸다. 아틴이 날쌔게 한 대 치자 곧 잠잠해졌지만 녀석은 경계하는 눈빛을 풀지 않고 하얀 피부의 이방인을 주시하며 일정 거리를 유지했다.

매트는 싫어하는 마음을 들키지 않도록 애쓰며 예의 바르게 물었다.

"개 이름이 뭐니?"

아틴은 어깨를 으쓱했다.

"이름은 없다. 인디언 말로 개는 아레무스야."

"이름이 없으면 오라고 할 때 어떻게 부르는데?"

"이리 와, 하고 말해."

녀석이 아틴의 말을 알아들었는지 초라한 꼬리를 앞뒤로 흔들기 시작했다.

"피즈 왓." 아틴이 말했다.

"아무 쓸모가 없다는 뜻이야. 저 녀석은 사냥도 못하고 감각도 떨어져. 그런데도 곰, 사슴 가리지 않고 아무하고나 싸우려든다."

하지만 아틴의 목소리에는 자랑스러움이 배어 있었다.

"코가 잘못된 건가?"

아틴이 싱긋 웃었다.

"저 개는 뭘 봐도 달려들어. '코귀'도 뒤쫓고. 백인들은 그런 걸 뭐라고 하지? 온몸에 가시가 있는 것."

"아, 고슴도치 말이구나. 맙소사! 많이 아팠겠군."

"가시를 많이 뽑아냈다. 어떤 건 아주 깊이 박혀서 나오지 않았지. 이젠 저 녀석도 가시 박히는 건 무서울걸."

그럴 수도 있겠다는 생각이 들었지만 고슴도치 때문에 개의

버릇이 바뀔 것 같지는 않았다. 매트는 아틴의 개가 마음에 들지 않았다.

개는 수업 내내 오두막 주변을 어슬렁거리더니 나중에는 오솔길에서 벼룩에 물린 자리를 물어뜯고 긁고 하면서 쿵쿵 뛰어 다녔다. 아틴이 밖으로 나오자 며칠 만에 주인 얼굴을 처음 보는 것처럼 펄쩍 뛰어오르고 껑충거리며 짖어 댔다. 그러는 모습을 보니 조금은 정이 갔다. 아버지가 외출했다 돌아올 때마다 아버지의 개가 법석을 떨던 일이 생각났다. 그 늙은 사냥개는 다시 집으로 돌아온 아버지를 보고 꼬리를 흔들어 대며 반가워 하곤 했다. 사실 매트는 아틴에게 조금 샘이 났다. 이렇게 아무도 없는 숲 속에서라면 개는 더없이 좋은 친구가 될 터였다. 아무리 볼썽사납게 생겼다 하더라도 말이다.

하지만 이 개는 별로였다. 개는 아틴을 따라 자주 오두막에 왔지만 아틴은 매트가 개를 만지지 못하게 했다. 매트도 그러고 싶지 않았다. 놈은 사냥 실력도 엉망이었다. 두 소년이 숲 속을 걸을 때면 앞에서 갈지자로 왔다 갔다 하며 다람쥐들을 나무 위로 쫓고, 어치들을 울게 해 사냥할 기회가 생기는 족족 망쳐 버렸다. 매트는 아틴이 왜 녀석과 함께 다니는지 알 수 없었다. 녀석이 너무 시끄럽게 굴 때만 한 번씩 소리를 지르거나 쥐어박는

걸로 봐서 개에게 별 신경을 쓰지 않는 것 같았다. 하지만 매트는 항상 개를 보고 있는 아틴의 눈길을 느낄 수 있었다.

아틴을 따라 한 번도 가 보지 못한 깊은 숲 속으로 가던 날이었다. 그날은 개가 따라오지 않았다. 아틴의 뒤를 따라가던 매트는 조금 불안한 마음이 들었다. 늘 그렇듯이 아틴이 갑자기 사라지기라도 하면 혼자 오두막을 찾아갈 자신이 없었기 때문이다. 어쩌면 아틴은 그걸 알고 이렇게 깊은 숲 속으로 데려와 매트 자신이 얼마나 무력한 존재이고, 책 속에 있는 낱말들이 숲에서는 얼마나 쓸모없는 것인지 보여 주려는 건 아닐까?

하지만 매트는 그런 일은 일어나지 않을 거라고 생각했다. 왜 그런지 뚜렷이 설명할 수는 없지만 하여간 매트는 아틴을 믿었다. 매트는 처음엔 아틴을 좋아하지 않았다. 인디언 소년의 눈에 경멸의 빛이 떠오를 때면 미운 마음이 복받치기까지 했다. 그런데 둘 다 내키지 않는 수업이긴 했지만 하루하루 시간을 보내는 동안 달라지기 시작했다. 『로빈슨 크루소』 때문일 수도 있고, 함께 숲 속을 돌아다녔기 때문일 수도 있다. 두 소년은 서로를 좋아하지는 않았지만 더 이상 적은 아니었다.

둘이 도착한 곳에는 작은 나무 그루터기가 줄지어 있었다. 어린 자작나무와 미루나무가 둥치 끝까지 베어져 있는 것이 보였다. 근처에 정착민이 있는 걸까? 아니면 인디언들이? 공터 같은 것은 없었다. 누가 나무를 베어 갔는지 모르겠지만 베어 낸 자리마다 톱니 자국 같은 게 남아 있었다. 분명 도끼로 찍은 자국은 아니었다. 땅 위로 나무를 끌고 간 흔적도 눈에 띄었다.

몇 걸음 더 가니 난생처음 보는 냇가가 보였다. 그제야 모든 의문이 풀렸다. 시내 한쪽에서 반대편 끝까지 수면보다 조금 높은 나무 제방이 쌓여 있었다. 물은 그 위를 넘어 작은 폭포처럼 흘러서 나무로 만들어 놓은 둑 뒤쪽으로 고요하고 작은 못을 이루고 있었다.

"비버 댐이다!"

매트가 소리쳤다.

"야! 처음이야, 이런 건."

"콰 빗."

아틴이 말했다.

"꼬리가 붉은 비버들이야. 저기 비버 집이 있다."

아틴이 댐 한쪽에 나뭇가지들이 수북이 쌓인 곳을 가리켰다. 아직 파란 잎이 달려 있는 것도 있었다. 매트가 가까이 다가가 살펴보려는 순간, 어디서 날카로운 총소리 같은 것이 들렸다. 그때 댐 위에 동그랗게 파문이 일더니 가장자리에서 검은 머리 같은 것이 쏙 나타났다가 순식간에 거품을 일으키며 사라졌다.

깜짝 놀라는 매트를 보고 아틴이 웃어 댔다.

"비버들은 꼬리로 아주 큰 소리를 내지."

"난 누가 총을 쏜 줄 알았어. 나도 총이 있으면 좋았을 텐데."

아틴은 얼굴을 찌푸리며 경고했다.

"총은 절대 안 돼. 백인도 인디언도 안 돼. 어린 비버들이 놀
란다."

아틴은 근처에 있는 나무를 가리켰다.

"비버 표식이다. 비버는 우리 부족을 가리키기도 하지."

매트는 나무껍질에 새겨진 조잡한 동물 그림을 알아볼 수 있
었다. 조금 상상력을 동원해서 보니 비버처럼 보이기도 했다.

"이 댐이 비버족의 영역이라는 표시다. 어린 비버들이 자라
난 뒤에, 비버족들이 여기서 사냥을 한다. 다른 사람은 절대 안
돼."

"나무에 저 표시가 있으면 다른 사람들은 여기서 사냥을 하
면 안 된다는 거야?"

"그게 우리의 방식이다. 인디언들은 모두 알고 있다."

아틴이 근엄하게 설명했다.

백인들도 그걸 알까? 매트는 의아했다. 총을 훔쳐 간 벤을 떠

올렸다. 그 남자가 인디언들의 표식을 존중할 것 같지는 않았다. 하지만 아버지에게는 잊지 말고 말씀드려 둬야지.

한참을 기다려도 비버가 다시 모습을 드러내지 않자 두 소년은 다시 둑으로 올라갔다. 아틴이 나무 그루터기 근처에서 멈추어 서더니 매트에게 앞장서라는 몸짓을 하며 말했다.

"오두막까지 돌아가는 길을 찾아라."

매트는 다시 불안해졌다. 혹시 뒤따라오는 척하다가 슬그머니 사라져 나 혼자 집을 찾아 헤매게 하려는 건 아닐까?

"나 골탕 먹이려고 그러는 거지?"

매트가 쏘아붙였다. 아틴은 단호한 얼굴로 말했다.

"골탕 아니다. 매트도 길을 찾을 줄 알아야 한다."

아틴이 앞장서 걷자 매트는 다시 안심이 되었다. 아틴은 얼마쯤 가다가 멈추곤 했는데 그럴 때마다 냇가 쪽으로 부러져 있는 나뭇가지를 가리켰다. 조금 더 가다 보니 작은 돌멩이가 큰 돌을 마주 보고 놓여 있는 것이 보였다. 그리 멀지 않은 곳에는 마른풀로 꼰 술 장식이 작은 나뭇가지에 매달려 있었다.

"인디언들은 표시를 한다. 돌아오는 길을 찾을 수 있게. 숲에서 길을 잃지 않으려면 매트도 그렇게 해야 한다."

그제야 매트는 아틴이 수시로 멈춰 서서 나뭇가지를 꺾고 가

죽신 신은 발끝으로 돌멩이를 밀어 놓던 일이 떠올랐다. 아틴의 동작이 너무 잽싸서 매트가 알아채지 못했을 뿐 아틴은 가는 곳마다 빈틈없이 표시를 해 두었던 것이다.

"물론 그래야지. 우리 아버지도 항상 칼로 나무껍질을 벗겨서 표시를 해 두시는걸."

아틴은 고개를 끄덕였다.

"그건 백인 방식이다. 인디언들은 자기가 지나간 흔적이 드러나는 걸 원치 않는다. 사냥꾼들이 비버 집을 찾아내는 걸 원치 않는다."

이것들은 비밀 표시였다. 뒤따르는 그 누구도 알아보지 못하리라. 표시가 있다는 걸 안다 하더라도 찾아내려면 상당히 날카로운 관찰력이 필요할 터였다.

"매트도 똑같이 해라. 돌아갈 길을 찾을 수 있게 늘 표시를 해라."

아틴이 거듭 말했다.

매트는 아틴을 의심했던 자신이 부끄러웠다. 아틴은 단지 매트를 도와주려는 것뿐이었다. 문제는 아틴이 무엇이든 너무 뛰어나다는 것이었다.

매트는 아틴의 뒤를 따라 터벅터벅 걸으며 아틴이 가리키기 전에 표식을 발견하려고 노력했다. 갑자기 로빈슨 크루소와 그의 노예인 프라이데이가 떠오르면서 웃음이 났다. 매트와 아틴은 분명 소설 속의 장면을 그대로 재현하고 있었다. 로빈슨 크루소가 오두막 바깥으로 몇 걸음이라도 나올라치면 언제나 노예 프라이데이가 앞서 걸으며 길을 안내했다. 프라이데이는 자신이 할 일을 잘 알고 있었고, 그 일을 재빨리, 아주 기술적으로 해냈다. 그러니까 매트는 로빈슨 크루소처럼 인디언이 해 둔 표시를 좇아 길을 찾고 있는 것이다. 길을 알려 주는 작은 표식들에 고마워하면서.

매트가 주인 노릇을 하고 싶었던 것은 아니었다. 더구나 아틴이 누군가의 노예가 된다는 건 도무지 상상이 안 되는 일이었다. 매트는 그저 아틴이 자기를 좀 더 좋게 생각해 주길, 놀려먹는 듯한 그 눈빛을 거두어 주길, 그리고 자기를 좀 더 존중해 주길 바랄 따름이었다.

아틴은 매트의 불만을 눈치 채기라도 한 듯 멈춰 서서 칼을 꺼내더니 바로 곁에 있는 가문비나무에서 말라붙은 수액 덩어리 두 개를 잘라 냈다. 아틴은 화해의 선물이라도 주는 양 미소를 지으며 반짝이는 덩어리 하나를 내밀었다.

"씹어!"

아틴이 남은 하나를 자기 입에 넣고 신나게 씹어 대며 말했다.

매트도 조심스럽게 아틴을 따라해 보았다. 수액 덩어리가 이빨 사이에서 작은 조각으로 부서지면서 입 안을 씁쓰레한 액체로 가득 채웠다. 매트는 비위가 상해 당장 뱉어 내고 싶었지만 너무도 즐거워하면서 씹어 대는 아틴을 봐서 조금만 더 참고 턱을 움직여 보기로 했다. 조금 지나자 입 안의 조각들이 다시 뭉쳐 고무 껌이 되면서, 처음 느꼈던 쓴맛이 사라지고 신선한 소나무 향이 풍겼다. 놀랍게도 맛이 기가 막혔다. 두 소년은 단짝처럼 껌을 씹으며 숲길을 걸었다. 매트는 이번에도 아틴이 숲의 또 다른 비밀을 가르쳐 주었다고 인정하지 않을 수 없었다.

인디언 화살

'나도 활이 있어야겠어.'

그날 아침 매트는 결심했다. 아틴이 가끔 어깨에 메고 나타나는 활과 허리띠에 꽂고 다니는 투박한 화살이 부러웠던 것이다. 매트는 바로 그 전날 아틴이 날아가는 오리 한 마리를 활로 쏘아 떨어뜨리는 것을 보았다. 아틴은 오리를 조심스레 집어 들고 가 버렸다. 인디언들은 분명 그 오리의 뼈와 털을 가지고 뭔가를 만들 것이다. 매트가 새로 깨달은 것이 있다면 아틴은 절대 재미로 사냥을 하지 않는다는 점이었다. 매트는 '나도 활만 있다면 연습을 좀 해서 오리를 잡을 수 있을 텐데' 하는 생각이 들었다. 그렇게 되면 생선만으로 이루어져 있던 식단에도 멋진 변화가 생길 터였다.

　매트는 자신도 활로 쏘아 맞힐 수 있다는 걸 의심치 않았다. 사실, 몇 년 전 퀸시에 있을 때 활을 만들어 본 적이 있었다. 친구들과 어울려 인디언 놀이를 할 때면 숲 속에서 서로 추격전을 벌이며 나무 뒤에 숨어서 함성을 지르기도 했었다. 반쯤은 장난이었지만 활로 목표물을 맞히는 연습도 했다. 그때는 언젠가 활솜씨가 필요하게 될 거라는 건 상상도 하지 못했었다.

　매트는 곧은 나뭇가지를 잘라 내 양끝에 홈을 파고 아버지가 남겨 두고 간 줄을 팽팽하게 묶었다. 가느다란 나뭇가지를 깎아서 화살도 만들었다. 하지만 어디가 잘못된 건지, 화살은 흔들거리며 엉뚱한 방향으로 날아가거나 몇 발자국 못 가서 떨어지고 말았다. 다음 날 아침 매트가 연습을 하고 있는데 아틴이 숲에서 불쑥 나타났다. 매트는 깜짝 놀라기도 하고 약간 무안하기도 했다.

　아틴이 활을 살펴보더니 말했다.

　"나무가 좋지 않다. 내가 더 좋은 걸 찾아 준다."

　아틴은 공터 가장자리를 돌며 나무들을 살폈다. 나무를 고르는 기준이 아주 엄격해 보였다. 어린 나무를 건드려 보고, 부드러운 가지를 구부려 보는가 싶더니 곧 다른 나무를 찾으러 갔다. 그러다가 손가락 세 개만 한 굵기의 죽은 물푸레나무 가지를 골라냈다. 아틴은 가지를 자기 키만큼 잘라 내 매트에게 건네며 말했다.

"껍질을 벗겨."

아틴은 웅크리고 앉아 매트가 껍질을 벗겨 내는 모습을 지켜보았다. 그러고는 다시 가지를 가져가더니 손으로 잡을 중간 부분에 몇 센티미터 정도 표시를 했다.

"여기를 잘라 내."

아틴이 중심에서 끝까지 가리키며 말했다.

"이 정도로 얇게."

그러면서 손가락 하나를 들어 보였다.

매트는 열심히 나무를 잘라 냈다.

"천천히. 칼은 나무를 너무 빨리 잘라 낸다. 그래서 인디언들은 돌을 사용한다."

매트는 인디언 소년이 꼼꼼히 지켜보는 가운데 작은 돌기 하나 남기지 않고 말끔하게 나뭇가지를 다듬었다. 시간이 너무 오래 걸리자 조바심이 났다. 매트는 두 번이나 이 정도면 다 되었겠지 생각하며 아틴에게 내밀었지만, 아틴은 활의 굽은 부분을 쓰다듬어 보고 마침내 나무가 동물 뼈처럼 매끈하게 될 때까지

만족하지 않았다.

"이제 기름이 필요하다. 곰 기름이 최곤데."

"이걸로 될까?"

매트는 전날 밤 탁자 위에 두었던 생선 스튜 사발을 가져오며 물었다. 아틴은 조심스레 표면에 떠 있는 기름을 떠냈다. 그러고는 활 끝에서 끝까지 기름을 발라 윤이 반짝반짝 날 때까지 문질렀다. 아틴은 매트가 풀어 놓은 줄 뭉치를 옆으로 치워 버리고 덫을 만들 때처럼 기다란 전나무 뿌리로 활시위를 만들기 시작했다. 끈기 있게 가닥들을 꼰 다음 넓적다리에 대고 굴려서 고르고 부드럽게 만드는 것이었다. 그러는 동안 아침나절이 훌쩍 가 버렸다.

마침내 아틴은 활 가장자리에 새긴 한쪽 홈에 줄을 묶고 천천히 나무를 구부리기 시작했다. 강철처럼 단단해 보여 절대 구부러지지 않을 것 같던 활이 천천히 휘어지더니 다른 쪽 홈에 줄을 걸어 묶을 수 있을 정도로 구부러졌다. 드디어 활이 완성된 것이다.

"기가 막히다!"

매트는 둘이 힘을 합쳐 만든 작품에 감탄하며 말했다. 아틴도 만족스럽다는 듯 그르렁 소리를 냈다.

"이제 화살이 잘 나갈 거다. 시간이 지나면 더 좋아진다. 인디언은 시간을 길게 잡고 나무가 준비될 때까지 며칠 동안 놓아둔다."

아틴은 돌아가기 전에 가는 자작나무 가지로 화살 네 개를 깎아 주었다.

"화살로는 이게 그만이다."

아틴은 손으로 네 뼘 정도 되는 부분에 표시를 했다. 그리고 나무 다듬는 일은 매트 몫으로 남겨 놓았다.

매트는 활을 갖게 되어 기뻤지만 활을 쏘는 것은 전혀 다른 문제였다. 적어도 이건 예전에 만들었던 그런 장난감 활과는 달랐다. 활시위를 당기려면 온 힘을 쏟아야 했다. 활을 놓으면 화살이 놀라운 힘으로 덤불 속 어딘가로 날아갔는데 번번이 겨냥한 곳과는 다른 곳이었다. 매트는 화살을 만드는 족족 잃어버렸지만 별로 개의치 않았다. 그리고 자작나무 껍질로 과녁을 만들어 나무에 걸어 놓고 필사적으로 연습했다. 날이 갈수록 매트가 쏜 화살은 점점 과녁에 가까워졌고 손끝에는 활시위를 꽉 잡아당기느라 물집까지 생겼다. 아틴은 아무 말 하지 않았지만, 매트의 활시위가 닳기 시작하는 것을 보고는 동물 힘줄을 꼬아서 만든 튼튼하고 멋진 줄을 갖다주었다. 새 줄을 쓰자 과녁의 가장자리를 맞추는 일이 잦아졌다. 매트는 혼잣말로 중얼거렸다. '다람쥐들아, 이제 내 머리 위에서 노닥거리지 못할걸. 곧 나를 무서워하게 될 테니까.'

덫에 걸린 여우

매트는 이제 어딜 가든 인디언의 표식을 알아보게 되었다. 나뭇가지가 꺾인 것이 바람 때문인지 헷갈릴 때도 있고, 나무 그루터기에 그려진 이상한 무늬가 동물이 할퀴고 지나간 자국인지 구분이 가지 않는 때도 있었다. 그러나 한두 번은 비버족의 표식을 확실히 알아볼 수 있었다. 표시를 찾아내는 것은 매트 혼자만의 게임이었다. 아틴에게는 아무것도 아니지만 매트는 아직도 더 배워야 했다. 어느 날 아침, 두 소년이 동쪽으로 난 좁은 오솔길을 걷고 있을 때였다. 갑자기 아틴이 멈춰 섰다.

"쉿!"

아틴이 주의를 줬다.

덤불 아래쪽에서 귀에 거슬리는 낮은 숨소리와 발작적으로 잎사귀를 긁어 대는 소리가 들렸다. 매트와 아틴이 숨을 죽이고 멈춰 서자 그 소리도 멈췄다. 조심스레 다가가 보니 여우 한 마리가 땅에 납작 웅크리고 있었다. 놈은 소년들을 보고도 달아나지 않고 드러누운 채 이빨을 드러내고 으르렁댔다. 매트가 가까이 다가가 보니 놈의 앞다리가 무엇인가에 꽉 붙잡혀 있었다. 아틴이 기다란 작대기로 나뭇잎들을 옆으로 쓸어 내자 금속성 광택이 눈에 들어왔다.

"백인들의 덫이다."

"어떻게 알아?"

"인디언들은 쇠로 덫을 만들지 않는다. 그건 나빠."

"그럼 백인이 여기다가 덫을 놓았다는 거야?"

매트는 벤을 떠올렸다.

"아니다. 백인들이 인디언에게 돈을 주고 사냥을 해 달라고 부탁한다. 백인들은 저렇게 감쪽같이 위장하는 법을 모른다."

아틴은 덫이 얼마나 정교하게 숨겨져 있는지를 보여 주었다. 나뭇잎과 흙이 꼭 작은 동물의 굴처럼 위장되어 있고, 그 안에 반쯤 먹어 치운 물고기 대가리 두 개가 숨겨져 있었다.

여우는 소년들을 바라보며 이빨을 드러냈다. 매트는 분노로 가득 찬 여우의 눈과 마주치자 마음이 편치 않았다.

"우리가 먼저 발견해서 다행이야."

매트는 착잡한 기분을 감추려고 먼저 말을 꺼냈다. 아틴은 고개를 저었다.

"여긴 비버족의 사냥 구역이 아니다. 거북이족들 땅이야."

아틴이 가까운 나무를 가리키며 말했다. 나무껍질에 겨우 알아볼 수 있을 정도의 투박한 홈집이 나 있었는데 얼핏 보면 거북이 같기도 했다. 그 말에 매트는 화가 치밀었다.

"우리가 발견했어. 나무에 새겨진 자국 때문에 여우를 그대로 놔두고 간단 말이야?"

"비버족은 거북이족 영역을 침범하지 않는다."

아틴이 되풀이했다.

"여우가 고통 받도록 저대로 놔둘 수는 없어. 여러 날이 지나도 아무도 오지 않으면 어떻게 되겠어?"

"여우는 도망친다."

"어떻게 도망을 쳐?"

"자기 살을 물어뜯어서."

아틴의 말대로 여우는 이미 뼈가 보일 정도로 제 살을 물어뜯어 놓았다.

"다리는 금방 낫는다."

매트의 난감한 표정을 읽은 아틴이 덧붙였다.

"그리고 멀쩡한 다리가 세 개나 더 있다."

"그래도 그냥 두고 가다니! 그럴 수는 없어."

매트도 자신이 왜 그렇게 여우에게 마음을 쓰는지 알 수 없었다. 오래전부터 덫에 걸린 작은 동물들을 때려잡는 데 익숙하지 않았던가. 그러나 이 여우에게는 뭔가 특별한 것이 있었다. 녀석의 도전적인 두 눈에서는 털끝만큼의 두려움도 보이지 않았다. 매트는 자유를 얻기 위해 스스로에게 끔찍한 고통을 가하는 녀석의 용기에 충격을 받았다. 그러나 매트는 결국 가여운 여우를 남겨 둔 채 머뭇거리며 아틴의 뒤를 따를 수밖에 없었다.

매트가 중얼거렸다.

"덫을 놓는 건 잔인한 일이야. 저건 우리 덫보다 더 잔인해."

"맞다."

아틴도 동의했다.

"할아버지는 우리 비버족들이 쇠 덫을 쓰지 못하게 하신다. 어떤 인디언들은 백인처럼 사냥한다. 한때는 사슴과 비버들을 많이 잡았다. 인디언들에게도 백인들에게도 충분했다. 그런데 백인들은 먹으려고 사냥하는 게 아니라 가죽을 얻으려고 동물을 죽인다. 백인은 인디언에게 돈을 주고 가죽을 가져간다. 그래서 인디언들도 이제 백인의 덫을 쓴다."

매트는 대답할 말을 찾을 수가 없었다. 아틴과 나란히 걷는 동안 혼란과 분노를 동시에 느꼈다. 단지 나무에 새겨진 표시 때문에 고통 받는 동물을 그대로 두고 가는 인디언들의 방식이 이해되지 않았다. 아틴이 백인을 경멸하는 것도 지긋지긋했다. 아틴과 진정한 친구가 된다는 건 정말 바보 같은 생각인지 모른다. 가끔은 두 번 다시 아틴을 보고 싶지 않을 때도 있었다.

하지만 매트는 그게 다가 아니라는 것을 알고 있었다. 아틴이 자기를 화나게 하더라도 매트는 늘 인디언 소년의 신뢰와 인정을 받기 위해 노력했다. 매트는 한밤중에 깨어나 오두막 천장으로 새어 드는 별빛을 바라보며 아틴이 아니라 자신이 영웅이되는 이야기를 그려 보곤 했다. 가끔은 엄청난 위험에 빠진 아틴을 용감하고 침착하게 구해 주는 모습을 상상하기도 했다. 공상 속의 매트는 혼자 힘으로 곰이나 표범을 죽이고, 달려드는 방울뱀을 물리쳤다. 혹은 아틴의 마을을 공격하기 위해 적들이 밤사이 숨어든 것을 알아차리고, 숲을 헤치고 달려가 때맞춰 경고를 해 주기도 했다.

그러나 아침에 일어나면 간밤의 생각들이 유치하게 느껴져 스스로를 비웃었다. 자기가 영웅이 될 가능성도, 아틴에게 자기의 도움이 필요할 가능성도 없어 보였다. 매트는 인디언 소년이 매일 아침 찾아오는 것은 사크니스 할아버지의 명령 때문이라고 믿고 있었다. 사크니스 할아버지는 어쩌면 아무것도 할 줄 모르는 백인 소년에게 안쓰러움을 느꼈을지도 모른다. 그리고 동시에 손자에게 영어를 가르칠 수 있는 절호의 기회로 생각했을 것이다. 만일 이렇게 거꾸로 아틴이 선생 노릇을 할 거라고 예상했다면 손자를 보내지 않았을 것이다.

매트는 아틴이 가르쳐 주는 걸 고마워해야 한다는 사실을 잘 알고 있었다. 아틴은 날마다 무언가 새로운 것을 가르쳐 주었다. 예를 들어 양파와 비슷하게 생긴 식물은 요리에 넣으면 맛이 아주 좋아지고, 작은 오렌지색 꽃이 피고 줄기에서 우윳빛 수액이 나오는 잡초는 벌레 물린 상처나 옻에 옮았을 때 좋고, 갈색 꽃이 피고 나무 열매같이 둥근 뿌리가 줄지어 매달린 식물은 스튜에 넣으면 걸쭉해지고 맛도 좋아진다는 사실 같은 것들이었다. 아틴은 아무리 배가 고파도 절대 먹어서는 안 되는 식물들도 일일이 알려 주었다. 심지어 갑자기 비가 내릴 때를 대비해 즉석 비옷을 만드는 법도 알려 주었다. 넓적한 자작나무 껍질 가운데에 구멍을 뚫어 뒤집어쓰고 머리에는 고깔을 만들어 쓰는 것이었다.

하지만 아틴은 매트가 그에게 가르쳐 줄 수 있는 유일한 것에 대해 거부감을 가지고 있었다. 아틴에게는 종이에 쓰인 백인들의 기호가 피즈 왓, 즉 아무짝에도 쓸모없는 것이었다. 그렇지만 아틴이 백인 소년에게 아무것도 배우지 않은 것은 아니었다. 아틴은 영어를 훨씬 편하게 말하고 있었다. 비록 아틴 자신은 영어가 얼마나 유창해졌는지 전혀 의식하지 못하고 있었지만. 아틴은 또 새로운 단어를 쉽게 가려냈다. 가끔은 그 단어들로 매트가 이제 막 이해하기 시작한 인디언 식 농담을 하기도 했고, 매트가 좋아하는 표현을 써서 매트를 놀리기도 했다.

아틴은 "나도 그렇게 생각해"라든지 "비가 곧 쏟아지겠어, 어쩌냐" 같은 말을 곧잘 따라했다. 가끔은 『로빈슨 크루소』에 나오는 단어에 호감을 보이기도 했다. 아틴이 특히 좋아하는 말은 '진실로'였다.

매트 역시 인디언 말을 하는 게 재미있었다. 인디언 말은 이해하기는 어렵지 않은데 발음이 까다로웠다. 하지만 자기가 정확하지 않은 발음으로 인디언 말을 할 때마다 아틴이 즐거워하는 걸 보면 이내 즐거워지곤 했다.

"차 콰(오늘 아침에) 내가 옥수수 밭에서 코귀(고슴도치)를 쫓아냈어."

　물론 그러다가 애꿎은 화살만 잃어버리고 고슴도치가 멀쩡한 몸으로 뒤뚱거리면서 도망가는 꼴을 지켜봐야 했다는 말은 하지 않았다. 결국 두 소년의 수업은 각자에게 나름대로 의미가 있었던 셈이다.

홍수 이야기

『로빈슨 크루소』 이야기는 끝이 났다. 절반 정도는 건너뛰고 모험담이 실려 있는 부분만 읽었다. 매트는 책을 다 읽어 버려 아쉬웠고, 아틴도 실망한 기색이 역력했다.

"유감이야."

아틴이 매트가 자주 쓰는 표현을 흉내 내며 말했다.

"너한테 들은 이야기를 밤마다 다른 애들한테 해 준다. 이야기를 좀 덧붙여서 말이야. 애들이 무지 좋아했는데."

그 말에 기분이 좋아진 매트는 아틴이 밤마다 모닥불 앞에 인디언 아이들을 모아 놓고 로빈슨 크루소 이야기를 들려주는 모습을 떠올려 보았다. 매트는 아틴의 이야기를 들어 보고 싶었다. 아틴의 입을 통해 나온 이야기는 더 새롭고 재미있을 것 같았다. 갑자기 기발한 생각이 떠올랐다.

"이야기를 더 듣고 싶다면 아직 재미나는 이야기들이 많이 남아 있어."

매트는 선반에서 아버지의 성경을 꺼내 왔다. 왜 진작 이 생각을 못했지? 삼손 이야기도 있고, 다윗과 골리앗 이야기도 있는데. 요셉과 색동옷 이야기도 있고 말이야.

"이게 『로빈슨 크루소』보다 훨씬 재미있을 거야."

매트가 장담했다.

그것은 사실이다. 구약 성경의 이야기들은 모험담으로 가득하다. 무엇보다 쉽고 간결한 말로 되어 있으니 건너뛸 필요도 없을 것이다.

매트는 노아 이야기부터 시작했다.

하느님이 노아에게 홍수가 일어날 거라고 말씀하시자 노아는 큰 배를 만들어 자기 가족과 세상에 있는 모든 동물을 암수 한 쌍씩 태웠다. 40일간 밤낮으로 비가 내려 모든 것들이 쓸려 내려 갔지만 방주에 탄 노아의 가족과 동물들은 모두 무사히 살아남았다. 마침내 비가 그치자 노아가 비둘기를 세 번 날려 보냈고, 세 번째 비둘기가 부리에 올리브 가지를 물고 나타나 홍

수가 그쳤음을 알게 되었다.

매트는 고개를 살짝 들어 아틴의 얼굴에 떠오른 미소를 살폈다.

"비버족에도 그런 이야기가 있어. 아주 오래된 이야긴데, 해 줄까?"

매트는 호기심을 누르며 숨을 죽였다.

"아주 오래전 일이다."

아틴은 인디언 말을 영어로 옮기느라 인상을 썼다.

"동물들도 태어나기 전, 억수같이 비가 내렸다. 세상이 물로 뒤덮였다. 인디언 하나가 높은 언덕으로 올라가서 그중에서도 가장 높은 나무에 올라갔다. 비가 여러 날 와서 물이 그 인디언의 발치까지 차오르게 됐다. 하지만 물은 거기서 멈추었다. 글루스카베가 인디언에게 가져다준 오리 세 마리 중 한 마리를 풀어 주었다. 오리는 날아가서 돌아오지 않았다. 다음 날 또 한 마리를 풀어 주었는데 역시 돌아오지 않았다. 그런데 마지막 오리가 입에 진흙을 묻힌 채 돌아왔다. 인디언은 물이 빠지고 있다는 걸 알고 나무에서 내려왔다. 그는 풀밭을 만들고 새와 동물을 만들었다. 사람과 비버도 만들었다. 사람과 비버가 또 다른 인디언들을 만들었다."

"멋지다. 성경 이야기랑 거의 비슷하구나. 인디언들은 그 이야기를 어디에서 들은 거야?"

아틴은 어깨를 으쓱했다.

"오래된 이야기야. 원래는 훨씬 더 긴데, 내가 백인 말을 잘 못해서……."

"아니야. 정말 재밌어. 그런데 아까 글루…… 뭐라고 하는 인물이 나오던데 그건 누구야?"

"아, 글루스카베. 위대한 사냥꾼이야. 북쪽에서 왔지. 힘도 굉장히 세. 그가 바람도 만들고 천둥도 만들었다. 동물들도 만들고 인디언도 만들었지."

매트는 아리송했다. 인디언들은 위대한 정령을 섬긴다고 들었는데 글루스카베가 위대한 정령은 아닌 것 같았기 때문이다. 글루스카베는 어렸을 때 어머니가 들려주시던 옛날이야기에 나오는 영웅과 비슷하다. 하지만 더 이상 물어보면 예의가 아닐 것 같았다. 매트는 인디언들이 이런 이야기들을 많이 알고 있는지 궁금했다. 숲 속에서만 살아온 인디언들이 어떻게 홍수에 대해 알고 있는 것일까?

곰 사냥

두 소년이 아슬아슬한 모험을 겪은 그날, 아틴은 개를 데리고 오지 않았다. 그러니 미리 경고 신호를 보내 줄 존재가 없었던 셈이다.

매트는 그날 아침 운 좋게도 활로 토끼를 한 마리 잡았기 때문에 기분이 좋았다. 활로 잡기는 이번이 처음이었다. 사실은 매트가 화살을 잘 쏘았다기보다는 토끼가 맞아 준 것이나 다름없었다. 토끼가 바보같이 그냥 앉아 있어서 제대로 겨냥할 수 있었던 것이다. 그래도 매트는 날아갈 듯 기뻤다. 더욱이 아틴이 그 장면을 지켜보고 있어서 한층 더 뿌듯했다.

둘은 비버 댐에 다시 가 보기로 했다. 매트는 토끼를 그냥 두고 가고 싶지 않았다. 다른 동물들이 채갈지도 모르는 일이기 때문이었다. 매트는 아틴이 늘 그러는 것처럼 토끼 귀를 잡고 아무렇게나 흔들면서 아틴을 뒤따라 걸어갔다. 그때 갑자기 아틴이 발걸음을 멈추고 온몸을 팽팽하게 긴장시켰다. 매트가 보기엔 별다른 것이 없는 것 같아 말을 하려고 입을 벌리는 순간 아틴이 손을 잡아당기며 말을 막았다. 앞쪽 큰 나무 밑 덤불에서 뭔가 움직이는 소리가 들렸다. 들꿩이나 뱀 따위가 내는 소리가 아니었다. 덫에 걸린 동물 같지도 않았다. 뭔가가 천천히, 육중하게 움직이고 있었다. 소름이 쫙 끼쳤다. 매트는 근육을 팽팽하게 긴장시킨 채 숨을 멈추고 아틴 곁에 바짝 서 있었다.

키 작은 관목들이 옆으로 꺾이더니 나뭇잎 사이에서 갈색 머리가 쑥 튀어나왔다. 개보다 크고 털이 덥수룩했다. 작은 새끼 곰이었다. 곰은 호기심 가득한 눈으로 소년들을 쏘아보았는데 처음 보는 사람 냄새를 맡느라 갈색 코에 잔뜩 주름을 잡고 있었다. 그 표정이 너무 귀여워서 매트는 웃음을 터뜨릴 뻔했다.

"쉿!"

아틴이 소리를 낮춰 경고했다.

그때 덤불 밟는 소리와 낮게 으르렁거리는 소리가 들리더니 엄청나게 큰 발이 덤불 뒤에서 나타나 새끼 곰을 옆으로 밀치고 사라졌다. 그리고 얼마 지나지 않아 갈색의 거대한 형체가 불쑥 나타났다. 나뭇잎 사이에서 튀어나온 것은 새끼보다 머리가 세 배는 더 큰 어미 곰이었다. 어미 곰의 작은 두 눈은 호기심이 아니라 분노에 가득 차 붉게 이글거리고 있었다.

어쩐지 도망쳐서는 안 된다는 느낌이 들었다. 매트는 얼어붙은 듯 그 자리에 서 있었다. 달리기로 친다면 곰은 몇 걸음 만에 사람을 따라잡을 수 있다. 더구나 놈은 지금 서너 걸음밖에 떨어져 있지 않다. 어미 곰이 머리를 이쪽저쪽으로 움직였다. 거대한 곰의 몸은 빽빽한 나뭇가지들을 거미줄인 양 쉽게 옆으로 밀쳐 버렸다. 놈은 체중을 양발에 번갈아 실으면서 몸을 흔들더니 천천히 뒷발로 일어섰다. 무시무시하게 휜 발톱이 보였다.

매트는 자신이 그때 왜 그런 행동을 했는지 도무지 알 수 없었다. 무슨 생각을 했는지도 전혀 기억이 없고 다만 공포에 질려서 막 달려들려는 거대한 곰을 빤히 쳐다본 것만 생각났다. 그러나 어쨌든 매트가 움직였던 것이다. 매트는 순간적으로 손에 들고 있던 죽은 토끼를 곰의 머리를 향해 힘껏 내던졌다. 토끼의 작은 몸뚱이가 어미 곰의 코에 정면으로 맞았다. 곰은 머리를 흔들어 토끼를 털어내 버렸다. 앵앵대는 모기를 쫓아내는 투였다. 토끼의 몸뚱어리가 속절없이 땅으로 떨어졌다. 곰은 토

끼를 내려다보지도 않았다. 곰의 주의가 흐트러진 것은 그 한순간뿐이었다. 그 찰나에 뭔가가 휙 하며 공기를 갈랐다. 날카로운 활시위 소리에 이어 퍽 하는 둔중한 소리가 들렸다. 아틴이 쏜 화살이 곰의 두 눈 사이에 박혀 떨리고 있었다. 허우적거리던 곰의 앞발이 아래쪽으로 내려가는 순간 두 번째 화살이 곰의 어깨 바로 아래에 꽂혔다.

곰은 거대한 머리를 한 번 부르르 떨더니 풀썩 주저앉았다. 아틴이 미친 듯 소리를 내지르며 앞으로 튀어 나가 처음 화살이 박힌 뒤쪽으로 깊숙이 칼을 찔러 넣었다. 매트도 무의식적으로 아틴을 따라 뛰어나갔다. 그러고는 벨트에서 칼을 뽑아 갈색 털 깊숙이 박아 넣었다. 매트의 칼은 제대로 들어가지 않았지만 그런 건 문제가 되지 않았다. 곰의 옆구리가 들썩거렸다. 두 소년은 꼼짝 않고 서서 그 광경을 내려다보았다. 몇 분 뒤, 곰의 몸에서 움직임이 사라졌다.

매트는 두려움을 느끼며 뻗어 있는 곰을 바라보았다. 곰은 금방이라도 으르렁거리며 달려들 것처럼 무시무시한 누런 이를 드러낸 채였지만 벌어진 입에서는 침과 피가 뒤섞여 흘러내리고 있었다. 사납게 번득이던 작은 눈에는 꺼풀이 덮였고, 길고 날카로운 발톱은 흙으로 범벅이 된 채 늘어져 있었다.

이제 두려울 것이 없건만 매트의 무릎은 계속 떨렸다. 매트는 아틴이 눈치 채지 않길 바라면서 떠는 것을 감추려고 억지로 입을 크게 벌리고 웃었다. 그러나 아틴은 따라 웃지 않았다. 아틴은 곰을 굽어보며 인디언 말로 경건하게 뭔가 읊조리기 시작했다. 그 의식은 한동안 이어졌다.

"무슨 얘길 한 거야?"

"곰에게 죽일 마음은 없었다고 말했어. 인디언은 새끼를 데리고 있는 어미 곰을 죽이지 않아. 우리는 사냥하러 온 게 아니라고 말해 주었어."

"하지만 놈이 우릴 죽일 뻔했잖아!"

"그랬지. 그래서 곰을 죽일 수밖에 없었던 우리를 용서하라고 말했다."

"좋아. 하여간 네 덕분에 살았지 뭐야. 고마워."

매트는 짧지만 힘을 주어 말했다. 그리고 평생 오늘처럼 무서웠던 적은 없었다는 말을 덧붙이려다 말았다. 그게 나을 것 같았다. 매트를 바라보는 아틴의 얼굴에서 거만한 표정이 사라지고 미소가 떠올랐다.

"너도 정말 잽싸던걸. 꼭 인디언 같았어."

매트는 뺨이 달아오르는 걸 느꼈다.

"네가 죽였잖아."

매트는 솔직하게 말했지만 자신도 한몫 거들었다는 것을 알고 있었다. 정말 위급한 순간에 죽은 토끼를 던져서 아틴이 화살 먹일 시간을 벌어 준 것이다.

아틴이 쓰러진 곰을 발끝으로 슬쩍 건드렸다.

"작다. 기름이나 좀 나오려나. 그래도 맛은 있겠어."

작다고! 저 끔찍한 괴물이 작다니! 너무 커서 둘이서는 들고 가지도 못할 것 같은데. 그러고 보니 아틴은 곰을 들고 갈 생각이 전혀 없어 보였다.

"이건 여자들이 할 일이야. 내가 가서 말하고 올게."

"여자들이 이 무거운 걸 들어 옮긴단 말이야?"

"고기를 잘라 내서 옮기는 거야. 그건 여자들 일이라고."

남자로서 할 일을 다 했으니 이제 손을 털겠다는 뜻이 분명했다.

"새끼 곰은……."

매트는 그제야 새끼 생각이 났다. 놈은 아무 데도 보이지 않았다.

아틴은 머리를 저었다.

"새끼는 보내 주자. 다음에 마주치면 엄청 자라 있을 거야……. 토끼는 주워 가."

아틴은 토끼를 잊지 않고 말했다.

매트는 곰의 무거운 발밑에 깔려 털이 헝클어지고 피범벅이
된 토끼를 내려다보았다. 몰골이 하도 혐오스러워서 손도 대고
싶지 않았지만 아틴의 말대로 놈을 끌어냈다. 어쨌거나 저녁거
리였으니까. 매트는 인디언은 죽인 것을 절대 허투루 하지 않는
다는 것을 잘 알고 있었다. 인디언은 재미로 사냥하는 법이 절
대로 없었다.

아틴이 숲 속으로 사라지고 난 뒤에도 매트는 한참 동안 곰
을 내려다보며 서 있었다. 매트는 약간 억울한 생각이 들었다.
물론 곰을 죽인 건 아틴이다. 그러니 당연히 아틴의 것이다. 하
지만 자신도 작은 몫이나마 가지고 싶었다. 곰의 발톱이라도 하
나 뽑아 가야 아버지에게 자랑을 할 것 아닌가. 하지만 그때 인
디언 소년의 칭찬이 떠올랐다. 나더러 인디언처럼 재빠르다고
했지. 그래, 그거면 충분해.

뜻밖의 초대

그날 늦은 오후, 매트는 오두막 현관 앞에 우두커니 앉아 있었다. 도무지 일을 할 마음이 나지 않았다. 왠지 기분이 계속 뒤숭숭했고 아직도 흥분으로 가슴이 두방망이질 치고 있었다. 누군가에게 이 이야기를 들려주고 싶었다. 아버지가 계셔서 곰 이야기를 들어 주면 좋을 텐데. 아버지에게 생각이 미치자 매트의 마음 깊은 곳에서 걱정이 밀려오기 시작했다. 하루하루 지나갈수록 걱정이 점점 커졌다. 아버지는 왜 아직도 돌아오시지 않는 걸까? 무슨 사고라도 생긴 건가?

곰을 만난 뒤부터는 숲을 믿을 수 없게 되었다. 이제 숲은 어둡고 위협적이며 사방에서 자기를 가두고 있는 것으로 보였다.

혹시 아버지가 곰이라도 만난 건 아닐까? 그래서 아예 퀸시에 가지 못한 건 아닐까? 그렇담 어머니가 여기를 어떻게 찾지? 혹시 나를 데리러 사람을 보내고 싶어도 어디로 보내지? 매트는 두 팔로 가슴께를 감쌌다. 하지만 추운 것은 몸이 아니라 마음이었다. 마음의 추위는 쉽게 가시지 않았다.

그때 숲 가장자리에서 뭔가가 움직였다. 매트는 후다닥 일어섰다. 누군가 공터 쪽으로 걸어오는 것이 보였다. 섬뜩하게 치장한 얼굴을 보노라니 등골이 오싹해져 왔다. 매트는 한동안 뚫어지게 바라보고 나서야 그가 아틴이라는 걸 알았다. 그날 아침에 같이 숲을 돌아다니던 인디언 소년과는 완전히 다른 모습이었다. 아틴은 목욕을 하고 기름도 새로 바른 것 같았다. 들러붙어 있던 검은 머리도 깨끗이 빗겨져 있었다. 이마와 양쪽 뺨 아래쪽에 푸른 줄과 하얀 줄이 굵직하게 그려져 있고, 늘 하고 다니던 목걸이에는 새로 잡은 곰 발톱들이 매달려 있었다.

아틴이 자신의 놀라는 모습을 보았을지 모른다는 생각이 들었다. 매트는 일부러 씩씩하게 인사를 건넸다.

"왜 전쟁에 나가는 사람처럼 색칠을 했어?"

"전쟁이 아니야. 여자들이 곰 고기로 잔치를 한대. 할아버지가 널 데려오래."

매트는 귀를 의심하며 머뭇거렸다. 그러나 곧 이것이 정식 초대라는 것을 깨달았다.

"고, 고마워."

매트가 더듬거리며 말했다.

"나도 곰 고기를 먹어 보고 싶어. 잠시만 기다려. 윗도리 좀 입고 올게."

"문을 잠가. 친구 곰이 찾아올지도 몰라."

아틴은 유머 감각이 있었다. 특히 요즘은 매트가 전혀 예상 치 못한 말을 해서 웃음을 자아내곤 했다.

"꽤 멀어."

한참을 걸어간 뒤 아틴이 말했다. 빠른 걸음으로 한 시간 이 상 걸었을 때였다. 아틴이 오두막까지 항상 이렇게 먼 길을 걸 어왔구나. 매트는 그런 생각을 하며 한동안 침묵을 지켰다. 이 제 너무 어두워져서 발을 마음대로 떼어 놓기가 어려웠지만 길 이 잘 닦여 있다는 건 알 수 있었다. 둘은 황혼의 마지막 빛이 나무 꼭대기에 걸릴 즈음, 강둑에 도착했다. 강가엔 조그만 자 작나무 카누가 하나 매어져 있었다. 아틴은 매트에게 올라타라 는 손짓을 한 뒤 배를 밀고 날쌔게 배꼬리로 뛰어올랐다. 그러 곤 소리를 내지 않고 노를 저었다. 매트는 기분 좋게 앉아 카누의 속도와 고요한 분위기와 은빛 강물 위를 미끄러지는 숲의 그림자를 음미하며 행복한 기분에 빠져 들었다. 아쉽게도 카누는 몇 번 노를 젓기도 전에 건너편 강가에 닿았다.

깊은 숲 속에서 희미한 불빛이 보이기 시작했다. 아틴은 빛이 보이는 쪽으로 매트를 안내했다. 가다 보니 높이 솟은 기둥들이 길을 가로막았다. 비버족의 울타리였다. 매트는 왠지 불안한 마음이 들어서 잠시 주춤했다. 그러나 두려움보다는 궁금함이 앞서 걸음을 재촉했다. 되돌아가고 싶은 생각은 한순간도 들지 않았다. 매트는 부지런히 아틴의 뒤를 따랐다. 울타리를 지나자 연기와 움직이는 그림자들, 자작나무 횃불이 흔들리며 어둠을 수놓는 널찍한 마당이 나타났다.

주변에는 오두막과 깔때기 모양의 인디언 움막들이 희미한 윤곽을 그리며 둥글게 둘러서 있고, 그 한가운데서 길고 좁은 불꽃이 타오르고 있었다. 나무에 걸쳐 놓은 쇠 냄비에서 장미꽃 모양의 수증기가 연기 자욱한 공중으로 솟아오르고 있었다. 고기 익는 냄새와 식욕을 돋우는 허브 향이 허기를 자극했다.

인디언들이 보였다. 인디언들은 불가 양쪽에 조용히 앉아 있었는데 일렁거리는 불빛 속에서 언뜻언뜻 드러나는 색칠한 얼굴이 기괴한 느낌을 주었다. 인디언들의 옷차림새는 각양각색이었다. 영국식 외투나 재킷을 입고 있는 사람이 있는가 하면 어깨에 밝은 색의 담요만 걸친 사람들도 있었다. 몇 사람은 머리에 띠를 두르고 깃털을 꽂기도 했다. 그러나 어떤 차림새든 팔과 가슴에는 금속 장식이 빛났다. 여자들은 밝은 색 천으로 만든 치마를 입고 이상하게 생긴 뾰족모자를 쓴 채 조용조용 움직이며 불에 장작을 넣거나 냄비 안을 젓고 있었다. 움직일 때마다 은팔찌와 목걸이가 반짝거렸다. 인디언들은 있는 대로 멋을 부리고 잔치에 참석한 모양이었다. 그들의 눈에 자기가 얼마나 초라하게 비칠까 생각하니 매트는 갑자기 부끄러운 마음이 들었다. 하긴 아틴이 미리 귀띔해 주었다 하더라도 별로 달라질 건 없었을 것이다. 매트에게는 다른 옷이 없었다. 아마 아틴도 그걸 알고 아무 말 하지 않았으리라.

아무도 자기를 눈여겨보는 것 같지는 않았지만, 매트는 눈 하나 깜빡이지 않고 자기 쪽을 향해 일렬로 앉아 있는 인디언들에게 신경이 쓰였다. 반대쪽을 보고 앉은 이들은 굳이 뒤를 돌아보지 않았다. 모두들 뭔가를 기다리고 있었다. 숨소리 하나 들리지 않는 정적이 계속되었다. 매트의 심장이 어찌나 크게 방망이질 쳐 대는지 그 소리가 인디언들에게 들릴 것만 같았다.

긴 침묵이 흐른 뒤 한 남자가 천천히 일어나 매트에게 다가

왔다. 얼굴에 색칠을 해서 금방 알아보지 못했지만 사크니스 할아버지였다. 할아버지는 멋진 구슬로 장식한 깃과 금속 완장이 달린 붉은색의 긴 외투를 입고 있었다. 머리에는 구슬이 달린 띠에 깃털이 꽂힌 관을 쓰고 있었다. 할아버지의 큰 키와 당당한 자세에서는 자부심이 흘러넘쳤다. 오늘은 사크니스 할아버지가 어느 나라 왕보다도 당당해 보였다!

"크웨!"

사크니스 할아버지가 위엄을 갖추고 말했다.

"백인 소년을 환영한다."

줄지어 앉은 인디언들이 갑작스런 환호성으로 화답했다.

"타 보."

그들이 소리쳤다.

"타 보, 예 바이 바이."

"크웨."

매트도 더듬거리며 인사의 말을 했다. 그리고는 한 번 더 큰 소리로 외쳤다.

"크웨!"

인디언들의 검은 얼굴에 만족스러워하는 미소가 번졌다. 웃음소리가 점차 커지면서 사람들은 매트의 존재를 잊은 듯 서로 빠른 소리로 이야기하기 시작했다. 어디선가 한 떼의 아이들이 매트 둘레로 몰려들더니 낄낄 웃어 대며 매트를 만져 보려고 야단법석이었다. 매트의 심장 박동이 조금씩 가라앉았다. 두려울 건 없었지만 오두막에서 몇 주 동안이나 조용히 지내 온 터라 소란스런 소리에 정신을 차릴 수가 없었다. 고맙게도 그때 아틴이 나타났다. 아틴은 매트를 통나무 끝자리로 안내했다. 나이 든 여자 인디언이 매트에게 다가와 조롱박 바가지를 내밀었다. 단풍당으로 만든 달콤새콤하고 향기로운 음료수였다. 마침 목이 마르던 참이라 매트는 단숨에 바가지를 비웠다.

사크니스 할아버지가 팔을 들어 올리자 즉시 북적거림이 가라앉았다. 사크니스 할아버지가 이들 부족의 우두머리임이 분명했다. 한 인디언이 긴 담뱃대를 사크니스 할아버지에게 가져왔다. 할아버지는 한 모금 깊게 빨더니 기다란 타원형의 연기를 천천히 내뿜었다. 줄지어 앉은 인디언들이 사크니스 할아버지를 존경스럽게 우러러보며 무슨 말인가 하기를 기다렸다. 하지만 노인은 손자 쪽으로 몸을 돌려 담뱃대를 건네주었다.

아틴이 공터 중앙으로 나갔다. 장작불 빛을 받으며 우뚝 선 아틴은 꽤나 늠름해 보였다. 기름을 바른 맨살의 팔다리가 매혹적으로 빛났다. 매트는 이런 모습의 아틴을 본 적이 없었다. 아틴은 자랑스럽게 할아버지가 내준 담뱃대를 받아서 잠시 입술에 대고는 다시 돌려주었다. 아틴의 이야기가 시작되었다.

매트가 굳이 인디언 말을 알아들어야 할 필요는 없었다. 매트는 아틴이 오늘 아침의 모험담을 자세히 이야기하고 있다는 것을 금방 알아차렸다. 아틴의 생생한 몸짓을 보고 있자니 작은 아기 곰과 무서운 어미 곰을 만난 아침나절의 숲 속으로 되돌아간 듯했다. 인디언들은 아틴의 이야기를 들으며 그르렁 소리를 내기도 하고 뭐라고 외치기도 했다. 지지와 즐거운 기분을 나타내는 그 소리가 분위기를 돋우었다. 아틴이 돌연 몸을 긴장시키더니 날카롭게 외치며 손으로 매트를 가리켰다. 그리고 팔로 토끼를 집어던지는 동작을 해 보였다. 둘러앉은 사람들이 마구 소리를 질러 대고 이빨을 드러내 웃으며 매트를 가리켰다. 매트의 뺨이 붉어졌다. 순간적으로 인디언들이 자신을 놀리고 있는 게 아닐까 하는 생각이 들었지만 짓궂은 그들의 함성은 정다웠다. 사람들은 다시 아틴을 바라보며 흥미진진한 이야기 속으로 빠져 들었다.

아틴이 그 이야기를 상당히 재미있게 들려준 것은 분명했다. 아틴이 이야기한 시간은 실제 상황보다 훨씬 오래 걸렸다. 사람들은 모두 아틴의 이야기 속으로 깊이 빠져 든 것처럼 보였다.

아틴은 뛰어난 이야기꾼이었다. 매트는 이제야 아틴이 로빈슨 크루소 이야기를 들려주었을 때 아이들이 얼마나 재미있어했을지 짐작이 갔다. 아틴은 아마 멋진 동작을 섞어 가며 이야기를 했을 것이다.

이야기가 끝나자 인디언들이 모두 벌떡 일어서더니 한 줄로 길게 늘어섰다. 어디선가 방울 소리가 나기 시작했다. 그 소리가 불러일으킨 두려움과 즐거움이 동시에 매트의 등줄기를 타고 흘렀다. 한 인디언이 줄의 맨 앞으로 뛰어나와 방울을 흔들기 시작했다. 기묘하면서도 마음을 파고드는 리듬이었다. 그는 우스꽝스럽게 몸을 비틀면서 어깨를 으쓱대며 걷다가 이리저리 뛰어오르곤 했는데, 꼭 시장의 광대 같았다. 다른 사람들도 줄을 지어 그 동작을 따라하며 장단에 맞춰 발을 굴렀다.

아틴이 다시 매트 곁으로 왔다.

"춤을 추면서 잔치를 시작하는 거야."

방울 소리가 빨라졌다. 사람들은 줄을 지은 채 모닥불을 둥글게 둘러싸며 점점 빠르게 움직였다. 이제 여자들도 줄 뒤쪽에 끼어들어 서로 팔을 끼고 몸을 흔들었다. 아이들도 큰 아이, 작은 아이 할 것 없이 모두 줄에 끼어들어 자그마한 맨발로 땅을 구르며 춤을 추었다.

"춤을 춰."

아틴이 말했다. 그러고는 매트의 팔을 잡고 줄 안으로 끌어들였다. 매트 가까이 있던 사람들이 춤추길 부추기며 매트가 어색한 몸짓을 할 때마다 웃음을 터뜨렸다.

숨을 한 번 고르고 난 매트는 발동작이 생각보다 단순하다는 것을 알았다. 매트는 리듬에 몸을 맡겼다. 리듬이 몸 안에서 고동치면서 근육의 긴장이 풀리고 동작에도 자신감이 붙었다. 매트는 갑자기 흥분과 행복감으로 충만해져서 발꿈치로 딱딱한 땅을 탕탕 굴렀다. 그 순간 매트는 한 사람의 인디언이 되었다.

얼마나 뛰었던지 옆구리가 결렸다. 매트는 그제야 정신이 돌아왔다. 다리 힘이 빠져 주저앉고 싶었다. 춤은 끝날 것 같지 않았다. 그러나 아틴에게 약한 모습을 보이기 싫어 더 빨리 움직이고 더 세게 땅을 굴렀다. 마침내 매트가 이제 한 바퀴도 더 돌지 못하겠다고 느낄 때 춤이 끝났다.

만찬이 시작되었다. 한 여인이 진하고 뜨거운 스튜가 담긴 나무 사발과 이상한 모양으로 깎아 만든 나무 숟가락을 가져다 주었다. 김이 설설 나는 스튜는 너무 뜨거워 혀를 데일 지경이었지만 식을 때까지 기다리기엔 너무 배가 고팠다. 이렇게 진하고 기름지고 향긋한 스튜는 처음 먹어 보는 것 같았다. 그래, 이게 곰 고기였구나!

매트는 문득 곁에 앉은 아틴이 아무것도 먹지 않는다는 걸 알았다.

"너는 안 먹니?"

매트는 미심쩍은 생각이 들어서 물었다.

"네 몫을 나한테 준 거야?"

"이건 내가 잡은 곰이야."

아틴이 대답했다.

"내가 죽였지. 그래서 안 먹어. 먹으면 앞으로 곰을 못 잡게 된대."

아틴은 고기를 먹을 수 없는 걸 전혀 개의치 않는 것처럼, 아니 오히려 자랑스러워하는 것처럼 큰 소리로 말했다.

매트가 한 그릇을 다 비우자 여자가 다시 그릇을 채워 주었다. 식사가 끝날 때쯤 졸음이 눈꺼풀을 내리누르기 시작했다. 매트는 눈을 뜨고 있기가 힘겨웠다. 아틴은 자리에서 일어날 생각이 없는 듯했다.

인디언들은 흥겹게 음식을 먹어 대며 서로 소리를 지르기도 하고, 떠들썩하게 농담을 하며 웃어 대기도 하고, 서로의 다리를 때리느라 정신이 없었다. 잔치는 매트가 퀸시에서 보았던 그

어떤 축제보다 소란스러웠다. 왜 예전에는 인디언들을 아둔하다고 생각했을까!

마침내 주변이 조용해지더니 한 사람이 새로운 이야기를 시작했다. 분명 길고 긴 이야기가 이어질 것이다. 한 대목이 끝날 때마다 이야기를 하는 사람은 담뱃대를 입으로 가져갔고, 그가 입을 열 때마다 코와 입에서 연기가 몽글몽글 피어났다. 졸음으로 무거워진 매트의 머리가 앞으로 기울어지려다가 깜짝 놀라서 제자리를 찾곤 했다. 매트는 앉은 채로 깜빡 잠에 빠져 들었다. 아틴이 웃으며 일어서라고 재촉했다. 다시 오두막으로 돌아갈 생각을 하니 끄응 하는 신음 소리가 절로 나왔다. 자정이 가까워졌을 것이다.

그런데 아틴은 매트를 다시 통나무 오두막으로 데려다 줄 눈치가 아니었다. 그는 매트를 가까이 있는 움막으로 데려가 문에 드리워진 사슴 가죽 커튼을 걷었다. 안에는 작은 모닥불이 타고 있었고, 희미한 불빛 아래로 모피와 멍석으로 된 나지막한 침상이 보였다. 아틴은 조용히 움직였다. 매트는 너무 졸린 나머지 물어보지도 않고 부드러운 가죽 위에 누웠다. 아틴은 모닥불을 휘저어 불기를 올린 뒤 밖으로 나갔다. 얼마나 지났을까. 매트는 다시 들려오는 방울 소리와 발 구르는 소리에 눈을 떴다. 인디언들이 또 춤을 추는 모양이었다. 매트는 자신이 그곳에 함께 있다는 것에 감사했다.

허물 수 없는 벽

매트는 잠에서 깨어났다. 움막 안은 어두웠지만 커튼 사이로 들어오는 밝은 햇살로 보아 이미 한낮인 듯했다. 마을이 벌써 움직이고 있다는 것을 소리로 알 수 있었다. 남자들의 목소리와 아이들의 외침 소리, 개가 날카롭게 짖어 대는 소리가 들려왔다. 뒤섞여 있는 이 소리들 뒤로 둔중한 리듬이 들려왔다. 아직도 춤을 추고 있는 건가?

누운 채 집 안을 둘러보니 연기에 그을린 멍석 벽, 여기저기 걸려 있는 잡다한 물건들, 일정한 형태가 없는 옷들, 요리용 냄비들, 가죽으로 만든 괴상한 모양의 가방, 마른풀과 약초 묶음들이 보였다. 매트가 잠을 잔 침상 아래쪽에는 바구니와 둘둘

말린 멍석이 아무렇게나 흩어져 있었다. 지저분한 흙바닥 가운데 쌓인 잿더미에서 한 줄기 희미한 연기가 피어올랐다. 연기는 지붕에 난 작은 구멍을 향해 둥글게 올라갔지만 대부분 빠져나가지 못하고 엷은 구름이 되어 매트의 머리 위에 머물렀다. 매트는 연기 때문에 숨이 막히는 느낌이 들어 일어나 앉아 기침을 했다. 그러고는 사슴 가죽 문을 밀치고 바깥으로 나갔다.

아이들이 기다리고 있었다는 듯 호기심 어린 눈을 반짝이며 매트 둘레로 모여들었다. 대부분이 개구리처럼 옷을 입지 않고 있었다.

"크웨."

매트가 망설이며 한마디 하자 아이들이 모두 낄낄거렸다. 아틴이 다가오는 걸 보자 마음이 놓였다.

"너 정말 많이 잤어. 곰보다 더 많이 잤다. 세어 봐라."

매트는 쑥스러운 표정으로 웃었다. 아직도 아틴이 정색을 하고 놀리면 어떻게 받아들여야 할지 당황스러웠다.

아이들 머리 너머로 마을이 보였다. 간밤에는 어둠과 불빛 때문에 신비스럽고 장엄하게 보였지만 밝은 햇살 아래 드러난 마을은 허름하고 정돈되지 않은 초라한 모습이었다. 나무껍질로 지은 오두막이 몇 채 있긴 했지만, 그 나머지는 대부분 쓰러

140

질 듯 허름한 움막이었다. 사방에 조개껍질 무더기와 동물들의 뼈가 흩어져 있었고, 여기저기 다듬지 않은 나뭇가지 시렁에 물고기를 널어 놓은 모습도 보였다. 인디언들은 간밤의 화려한 옷들을 벗었다. 어떤 사람들은 아틴처럼 사타구니만 가렸고, 어떤 사람들은 낡은 바지에 해진 담요를 걸치고 있었다. 여자들도 밝은 색의 화려한 옷 대신에 때가 꼬질꼬질한 청색 면 조끼와 치마 차림이었다.

매트는 좀 전의 그 둔중한 리듬이 어디에서 나는지 알아냈다. 두 여자가 나무등치로 만든 큰 절구통에 옥수수를 찧고 있었다. 두 사람의 팔이 교대로 오르내리는 모습이 재미있었다. 주변에서는 몇 사람이 작은 돌절구로 곡식을 갈고 있었다. 옹기종기 모여 앉은 여자들이 큰 어치처럼 조잘대고 있었지만 그 소리는 절구질 리듬에 묻혀 들리지 않았다. 다른 오두막 앞에서는 두 여자가 골풀로 바구니를 짜고 있었다. 매트와 아틴이 지나가자 여자들이 얼굴을 들어 쳐다보고는 수줍은 미소를 지었다. 여자들은 모두 열심히 일하고 있었다. 나이 많은 할머니 몇이 오두막 앞에 앉아 담배를 피우고 있었고, 소년들은 둥글게 모여 앉아 노느라 정신이 없었다.

"남자들은 다 어디 갔어?"

"해 뜨기 전에 나갔다. 모두들 할아버지를 따라 사슴 사냥을 갔어."

두 소년은 아틴이 가져온 옥수수 빵을 먹으며 마을을 지나 카누가 있는 곳까지 갔다. 매트는 계속 머뭇대며 마을 주변을 둘러보았다. 매트는 마을에 좀 더 머물고 싶었다. 묻고 싶은 질문들이 너무 많았다. 그러나 아틴은 서둘러 보내고 싶은 듯했다. 간밤의 다정한 태도는 온데간데없었다. 아틴은 능숙한 동작으로 카누를 밀어서 물에 띄웠다. 뒤쫓아 오던 아이들은 강둑에 서서 강을 건너는 매트와 아틴을 향해 웃으며 손을 흔들었다.

매트는 아틴이 왜 입을 꾹 다물고 있는지 궁금했다.

"나만 없었다면 너도 어른들을 따라 사슴 사냥에 갔겠지?"

아틴은 그 질문이 맘에 들지 않는 듯했다. 한참을 있다가 마지못한 듯 대답을 했다.

"나는 데려가지 않아. 총이 없거든."

"활을 잘 쏘잖아."

아틴은 인상을 찌푸렸다.

"그건 구식이야. 아이들이나 하는 짓이지. 이젠 인디언들도 백인이 쓰는 총으로 사냥을 한다고. 할아버지가 언젠가 총을 사 주실 거야. 그러려면 비버 가죽이 많이 필요한데, 비버는 수가

142

많이 줄었어."

"총은 굉장히 비싸대. 나도 내 총을 가지려면 오래 기다려야 돼."

매트는 오래전에 아틴에게 벤에 관한 이야기를 들려준 적이 있었다.

"백인들은 돈으로 총을 사. 그런데 인디언들은 돈이 없어. 한 때는 조가비 구슬(인디언들의 화폐—옮긴이)이 많았지만 이제 그런 건 아무 쓸모가 없지."

아틴의 목소리는 비통했다. 이제는 매트도 아틴이 왜 그렇게 필사적으로 비버 댐을 지키려고 하는지 이해할 수 있었다. 비버들이 점점 줄어들고 있다는 게 정말일까? 매트는 방금 전에 떠나온 인디언 마을이 얼마나 가난해 보였는지, 인디언들이 내세울 수 있는 재산이라는 것이 얼마나 보잘것없는지 생각해 보았다. 숲이 제공할 수 있는 것보다 더 많은 가죽을 요구하는 백인 상인들과 백인 정착민들에게 자신들의 오래된 사냥터가 넘어가는 것을 지켜보는 인디언들의 마음이 어떨지 어렴풋이나마 알 것 같았다. 숲길을 걷는 동안 매트는 아틴의 우울한 마음을 달래 줄 방법이 없을까 궁리했다.

"어젯밤은 정말 대단한 잔치였어. 그리고 네가 살고 있는 곳을 보아서 정말 좋았어. 언제 다시 가고 싶다."

아틴은 얼굴을 더 찌푸릴 뿐이었다.

"할머니는 널 초대하는 걸 싫어하셨고, 할아버지는 꼭 와야 된다고 하셨어. 할머니는 당신 오두막에 너를 재울 수 없다고 하셨어."

"아, 그랬구나."

매트는 어정쩡하게 말할 수밖에 없었다. 갑자기 즐겁던 마음이 사라져 버렸다. 왜 자기 혼자 움막에서 잠을 잤는지, 왜 오늘 아침 아틴이 그렇게 서둘러 나왔는지, 그 모든 것이 한순간에 분명해졌다. 아틴은 가족들의 의견 차이로 입장이 난처했고, 그 때문에 괴로웠던 것이다.

"우리 할머니는 백인이라면 모두 싫어하셔."

매트가 뭐라 대답할 말을 찾지 못하고 있는데 아틴이 말을 이었다.

"백인들이 우리 엄마를 죽였어. 엄마는 다른 아줌마 둘과 함께 광주리 만들 나무껍질을 찾으러 나갔지. 그런데 백인들이 숲에서 나와 총으로 쏜 거야. 엄마는 그들에게 아무런 피해도 주지 않았는데. 우리는 더 이상 백인과 전쟁을 하지도 않아. 백인들은 머리 가죽을 얻으려고 인디언을 막 죽여. 백인들은 인디언

머리 가죽으로 돈을 벌지. 아이들 머리 가죽까지도."

매트는 화가 나서 그게 아니라고 항변하고 싶었지만 목구멍에서 말이 나오지 않았다. 매트는 오래전에 그런 일들이 있었다는 사실을 떠올렸다. 인디언과 전쟁을 할 때 매사추세츠 주지사가 인디언의 머리 가죽에 상금을 걸었다는 얘기를 들은 적이 있었다. 그때 아틴은 어린 아기였을 것이다.

"아버지는 무장을 하고 떠났어. 엄마를 죽인 백인을 찾겠다고. 그러곤 돌아오지 않았지."

매트는 말문이 막혔다. 아틴의 자유분방한 삶 뒤에 이런 사연이 숨어 있으리라고는 꿈도 꾸지 못했다. 매트는 아틴의 부모에 대해 전혀 모르고 있었다. 그저 아틴이 할아버지를 따르고 복종한다는 것만을 알고 있을 뿐이었다.

"너네 할머니가 나를 싫어하는 것도 당연하구나. 하지만 전쟁이 나면 항상 끔찍한 일들이 생기지. 어느 쪽에서나 말이야. 그러는 데는 이유가 있다는 걸 너도 인정해야 돼, 아틴. 인디언도 백인 정착민들에게 똑같은 짓을 했어. 백인 여자들은 무서워서 오두막 밖으로 나가지도 못했지."

"왜 백인들은 인디언들의 사냥터에 집을 짓는 거야?"

매트는 그 물음에 대답할 수 없었다. 대답해 봐야 소용없는 일이라고 생각했다. 프랑스인들과의 전쟁은 끝났다. 인디언들과 영국인들은 평화협정을 맺었다. 하지만 서로에 대한 적대감, 그것이 쉽게 사라질 수 있을까? 아틴과 매트는 나란히 숲을 걷고 있지만 둘 사이에는 아틴이 결코 잊을 수 없는 벽이 가로놓여 있었다. 갑자기 착잡한 마음이 들면서 어머니가 떠올랐다. 아버지가 어머니를 이곳에 데리고 오는 것이 옳은 일일까?

"너네 할아버지도 우리를 미워하셔?"

아틴은 한동안 아무 말도 하지 않았다. 그러다 마침내 입을 열었다.

"할아버지는 인디언이 백인과 함께 사는 법을 배워야 한다고 하셨어."

그것은 매트가 듣고자 했던 대답이 아니었다. 그러나 사크니스 할아버지는 매트가 잔치에 와야 한다고 말했다. 그리고 할머니의 반대에도 매트를 따뜻이 맞아 주었다.

"아버지가 돌아오면 사크니스 할아버지를 소개해 드리고 싶어. 두 분은 서로 친해질 거야."

아틴은 대답하지 않았고, 둘은 말없이 계속 걸었다. 매트는 마음이 불편해져서 숲길로 관심을 돌렸다. 매트는 나무껍질에 칼로 새긴 작은 동물 표시를 똑똑히 알아보았다. 아틴에게 자랑하려고 고개를 돌렸지만 그의 눈에 깃든 어둠에 압도되어 아무 말도 꺼낼 수 없었다. 매트는 입을 꾹 다물고 그들이 거쳐 온 표시를 눈여겨 찾기 시작했다. 길을 가리키고 있는 쓰러진 나무들과 작은 돌무더기들이 눈에 띄었다. 그리고 길이 사라지는 것처럼 보이는 곳에서는 어김없이 나무에 새겨진 비버족의 표식을 찾을 수 있었다. 드디어 눈에 익은 길이 나오자 매트는 두 길이 만나는 한 지점을 주의 깊게 살펴보았다. 역시 표시가 있었다. 매트는 갑자기 흥분되어 혼자 생각했다.

'이젠 혼자서도 인디언 마을로 가는 길을 찾을 수 있어! 그래, 찾을 수 있을 거야.'

그렇지만 아틴에게는 그런 생각을 말하지 않았다. 아틴이 데려 가지 않는다면 다시는 인디언 마을에 갈 수 없으리라. 사크니스 할아버지는 단지 친절한 마음에서, 아니면 곰을 죽이는 데 한몫한 보상으로 자기를 초대했을 뿐이다.

'다시 한 번 마을로 갈 기회가 올까?'

아무짝에도 쓸모없는 개

숫자를 뻔히 알고 있으면서도 매트는 금을 그어 둔 막대를 세고 또 세었다. 실수로 잘못 세었기를 바랐지만 여러 번 세어 봐도 막대의 숫자는 똑같았다. 열 개다. 벌써 8월도 오래전에 지나가 버린 것이다. 매트는 각 달이 며칠까지 있는지 정확히 기억할 수 없었지만, 분명 9월도 거의 끝나 가고 있었다. 그것은 주변만 살펴보아도 알 수 있었다. 공터 둘레의 단풍나무들은 벌써 진홍빛으로 타들어 가고, 자작나무와 미루나무도 노랗게 물들어 안개가 자욱한 날에도 태양처럼 환한 빛을 냈다. 숲은 더 조용해졌다. 어치들은 아직도 매트를 보고 지저귀고, 박새들도 나무 사이에서 부드럽게 노래하지만 지빠귀들은 이제 보이지 않았다. 매트는 멀리서 부는 나팔소리를 두 번 들었고, 야생 거위들이 하늘 높이 퍼져 가는 연기처럼 길게 줄지어 남쪽으로 날아가는 것을 보기도 했다. 아침에 오두막 밖으로 나가면 싸늘한 공기에 코가 시렸다. 대낮은 여름처럼 따뜻했지만 해가 져서 집 안으로 들어오면 서둘러 불을 지펴야 했다. 햇살도 장작불도 닿을 수 없는 매트의 마음속에는 벌써 한기가 감돌았다. 날이 갈수록 숲의 그림자가 조금씩 오두막으로 다가오고 있는 것처럼 느껴졌다.

'식구들이 왜 이렇게 늦는 걸까?'

가을의 화창한 날씨 때문에 아틴이 더욱 바빠진 것도 매트를 힘들게 했다. 아틴이 오두막에 오지 않는 날이 많아졌다. 아틴은 거기에 대해 한마디 설명도 없었다. 하루나 이틀 만에 와서는 아무렇지도 않게 탁자에 앉았다. 요즘엔 사냥이나 낚시를 가자는 말도 잘 하지 않았다. 매트는 그림자처럼 따라다니는 근심을 떨치려 애쓰며 혼자 숲 속을 헤매는 일이 잦아졌다.

매트는 숲 속을 걷다가 조심스럽게 나무에 표시를 했다. 그 표시들은 오두막으로 돌아가는 길을 찾을 수 있게 도와주리라. 매트는 용기를 내어 전에는 들어갈 엄두도 못 냈던 숲 속으로 더 멀리 들어갔다. 그는 인디언들의 표시가 있는지 신경을 써

살폈고, 가끔 표시들을 찾아내기도 했다. 하루는 이리저리 둘러보다가 근처 나무에서 거북이족의 표식을 보았다.

'이제 돌아가야 해.'

매트는 이제 비버족의 구역에서는 안전하다고 느꼈지만 다른 인디언들이 백인 침입자를 환영할지는 확신이 서지 않았다.

매트가 발길을 되돌리려고 할 때, 좀 떨어진 곳에서 개가 짖는 것 같은 날카롭고 격렬한 소리가 들렸다. 그것은 위협하는 것처럼 들리지는 않았지만, 토끼 냄새를 찾아낸 사냥개들이 짖어 대는 즐겁고 들뜬 소리도 아니었다. 그 소리는 마치 어린아이의 비명 같았는데 다시 소리가 들렸을 땐 낮은 흐느낌으로 잦아들었다. 매트는 덫에 걸린 여우를 떠올렸다.

아틴은 거북이족 덫에는 손도 대지 말라고 경고했었다. 매트가 망설이고 있는데 소리가 다시 들려왔다. 아틴이 뭐라고 했든 그 애절한 소리를 무시한 채 그냥 발길을 돌릴 수는 없었다. 매트는 조심스럽게 덤불을 헤치며 나아갔다.

그것은 흙과 피로 범벅이 된 야윈 인디언 개였다. 매트가 가까이 다가가 보니 피투성이가 된 모습에서도 얼굴 옆으로 난 하얀 줄무늬와 물어 뜯긴 귀, 짧고 빳빳한 털들이 보였다. 이렇게 생긴 개는 세상에 단 한 마리밖에 없었다. 녀석은 아틴의 사냥

개였다. 예전에 그 여우가 그랬듯 앞다리가 덫에 끼인 개는 고통과 두려움으로 극도의 흥분 상태에 빠져 있었다. 눈은 번들거렸고 벌어진 입 사이로 허연 거품이 흘러나왔다. 매트는 분노로 근육이 팽팽해지는 것을 느꼈다. 그리고 순간적으로 결단을 내렸다. 전에 여우가 고통 받도록 내버려 둔 일로도 너무 마음이 아팠다. 거북이족 구역이든 아니든 매트는 도저히 아틴의 개를 버리고 갈 수 없었다. 이번에는 무슨 일이 있어도 개를 덫에서 구해 주어야만 했다.

그런데 어떻게? 매트는 몸을 아래로 구부렸지만 개가 너무 사납게 달려들었기 때문에 풀쩍 뛰어 뒤로 물러설 수밖에 없었다. 아틴의 개가 매트를 알아보았다손 치더라도 매트를 따르라고 배운 적은 없었다. 더구나 개는 거의 정신이 나가서 매트가 자기를 도우려 한다는 걸 이해할 수 없을 터였다. 매트는 이를 악물고 다시 몸을 구부렸다. 이번에는 덫의 강철 차꼬에 손을 대고 당겨 보았다. 개가 굵고 낮은 소리로 으르렁거리면서 다시 달려들었다. 매트가 깜짝 놀라 물러서는 바람에 손이 강철 톱니에 스치고 말았다. 매트는 벌떡 일어서서 피가 나는 손을 바라보았다. 상처는 손가락에서 손목까지 깊게 패여 있었다. 매트는 혼자서 애써 봐야 소용없는 일이라는 걸 깨달았다. 개가 저렇게 미친 듯이 날뛰는 상태에서는 덫을 벌릴 방법이 없었다. 아무래도 아틴을 데려와야 할 것 같았다.

매트는 왔던 길을 거슬러 숲길을 달리기 시작했다. 알고 있는 길을 따라가다가 모르는 길이 나오면 기억을 더듬어 인디언 마을로 향하는 표시들을 찾았다. 운 좋게도 나무에 새겨진 비버 족의 표식을 발견했고, 쓰러진 통나무도 보였다. 확신할 수는 없지만 올바른 방향으로 가고 있는 것 같았다.

거의 한 시간 뒤, 천만다행으로 전에 아틴이 데리고 왔던 그 강기슭이 나왔다. 하지만 카누가 없었다. 그러나 강은 폭이 좁았고 물살도 잔잔했다. 고맙게도 바다 근처에서 태어난 매트는 걷기 시작하면서부터 아버지와 함께 수영을 가곤 했다. 수영이라면 자신이 있었다. 매트는 가죽신을 덤불 아래 감추어 두고 물속으로 뛰어들었다. 잠시 후 물을 뚝뚝 흘리며 땅에 오르자 인디언 마을의 울타리가 보였다.

매트를 본 개들이 미친 듯이 짖어 댔다. 개들이 울타리를 뚫고 달려와 불과 몇 걸음 앞에서 격렬하게 위협하는 바람에 매트는 한 발짝도 뗄 수가 없었다. 소녀들이 뒤따라 몰려와 개들에게 새된 소리를 지르고 쥐어박으며 조용하게 만들었다.

말소리가 들릴 수 있게 되자 매트가 입을 열었다.

"아틴을 만나러 왔어."

소녀들이 매트를 뚫어지게 쳐다보았다. 피로하고 물에 젖고 달려드는 개 때문에 겁에 질린 모습을 보이는 게 민망했지만 지금은 예의나 위엄을 갖출 형편이 아니었다.

"아틴!"

매트가 다시 한 번 다급하게 소리쳤다. 그중 유달리 대담해 보이는 소녀 하나가 영어로 거침없이 대답했다.

"아틴은 없어."

"그럼, 사크니스."

"사크니스도 안 계셔. 모두 사냥하러 갔어."

다급해진 매트는 지푸라기라도 잡는 심정으로 말했다.

"아틴의 할머니는? 꼭 만나야 할 일이 있어."

소녀들은 이상하다는 듯 서로를 쳐다보았다. 매트는 어깨를 펴고 사크니스 할아버지처럼 단호하고 위엄 있는 목소리로 말했다.

"중요한 일이야. 그분이 어디 계신지 알려 줘."

놀랍게도 매트의 기세등등한 태도가 효과를 발휘했다. 소녀들은 뭐라고 속살거리더니 길을 비켜 주었다.

"따라와."

우두머리 격인 소녀의 지시에 따라 매트는 정문을 지나 안으로 들어갔다. 소녀는 곧장 가장 튼실해 보이는 오두막으로 매트를 데리고 갔다. 매트는 전혀 놀라지 않았다. 잔치가 있던 날 밤 사크니스 할아버지가 이 부족의 추장이라는 걸 알아차렸기 때문이다. 현관에서 매트를 맞이한 사람은 사크니스 할아버지보다 더욱 독특한 느낌을 주는 나이 많은 여인이었다. 여위고 수척했지만 반듯한 외모였다. 땋아 늘인 검은 머리 사이로 흰머리가 희끗희끗했다. 꼿꼿한 자세와 꼭 다문 입매가 가까이 가기 어려운 인상을 주었다. 눈은 빛나고 있었지만 반가운 표정은 전혀 없었다.

'내 뜻을 제대로 전할 수 있을까?'

매트는 혼란스러워졌다.

"죄송합니다, 부인. 제가 여기 오는 걸 좋아하지 않으신다는 건 잘 압니다. 하지만 도움이 필요해요. 아틴의 개가 덫에, 쇠 덫에 걸렸습니다. 풀어 주려 했지만 개가 가까이 오지 못하게 해요."

부인은 매트를 뚫어지게 바라보았다. 매트의 이야기를 알아들었는지조차 짐작이 안 갔다. 매트가 다시 말을 꺼내려는 순간 사슴 가죽 커튼이 옆으로 밀쳐지면서 안에서 누군가가 나왔다.

검은 머리를 등 뒤로 길게 땋아 늘인 소녀였다. 푸른 옷에 하얀 구슬로 장식한 넓은 띠를 두르고 있었다. 매트는 위엄 있는 자세로 나란히 서 있는 노부인과 소녀의 모습이 신기할 정도로 닮았다고 생각했다.

"나는 마리야. 아틴의 동생이지."

소녀는 부드럽고 낮은 음성으로 말했다.

"할머니는 영어를 모르셔. 내가 네 말을 전해 드릴게."

매트는 조금 전에 한 말을 다시 반복한 후 소녀가 할머니에게 전달하는 동안 초조하게 기다렸다. 잠자코 이야기를 듣던 노부인이 마침내 완강하게 닫혀 있던 입을 열더니 경멸이 가득 담긴 목소리로 한마디 내뱉었다.

"아레무스 피즈 왓!"

아무짝에도 쓸모없는 개!

매트는 너무나 화가 난 나머지 두려움이 사라졌다. 매트가 소녀에게 말했다.

"말씀드려. 그 개가 쓸모없을지는 모르지만 아틴이 좋아하는 개라고. 지금 심하게 다쳤어. 어서 가서 구해 줘야 돼."

다시 할머니 쪽으로 돌아서는 소녀의 눈에 괴로움이 어리는 듯했다. 소녀가 할머니에게 뭐라고 간청을 했는지 이윽고 노부인이 누그러지는 기미를 보였다. 소녀는 짧게 몇 마디 하고는 급히 오두막 안으로 들어가서 고깃덩어리 하나와 작게 접은 담요를 가지고 나왔다.

"같이 가. 개는 나를 알아보거든."

그 말을 듣고 안심이 된 매트는 그만 등 뒤에서 잡고 있던 손을 놓아 버렸다. 그 순간 노부인이 앞으로 나오더니 매트의 찢어진 손을 잡아 올렸다. 노부인의 눈빛이 어떻게 된 거냐고 묻고 있었다.

"별거 아니에요. 손이 덫에 끼일 뻔했어요."

매트가 서둘러 말했다.

노부인은 매트의 팔을 잡아당기며 따라오라고 명령했다.

"시간이 급해요."

매트가 저항했다.

노부인은 매트의 말을 가로막고 몇 마디 말을 했다. 하지만 매트가 알아들을 수 있는 건 '피즈 왓' 뿐이었다.

"할머니는 개가 어디 가는 거 아니라고 하셔. 따라 들어가 봐. 덫에 독이 묻어 있을지도 몰라."

매트는 할 수 없이 두 사람을 따라 오두막 안으로 들어갔다. 그때서야 매트는 노부인의 똑바른 자세가 자존심 때문이라는 걸 알게 되었다. 노부인은 다리를 심하게 저는 데다 허리도 구부정했다. 노부인이 모닥불 곁에서 분주히 움직이는 동안 매트는 한쪽에 얌전히 앉아 주변을 둘러보았다. 어머니의 부엌과는 너무도 다른, 낯설고 작은 방이 이렇게 아름답게 보이는 것이 놀라웠다. 정갈한 방 안은 신선한 풀 냄새와 달콤한 꽃향기로 가득했다. 벽에는 자작나무 껍질과 손으로 짠 섬세한 모양의 돗자리, 바구니들이 걸려 있었다.

노부인은 아무 말 없이 매트의 상처를 보살폈다. 우선 깨끗하고 따뜻한 물로 손을 씻긴 뒤, 그림이 그려진 호리병에서 독한 냄새가 나는 연고를 떠내 상처에 바른 다음 기다랗고 깨끗한 푸른 헝겊으로 동여맸다.

"고맙습니다. 훨씬 나아진 것 같아요."

치료가 끝나자 매트가 말했다.

노부인은 사크니스 할아버지처럼 '좋아'라는 뜻의 그르렁거림으로 대답을 대신했다. 쭉 지켜보고 있던 소녀가 재빨리 문쪽으로 다가갔다. 매트가 막 따라나서려는 순간 노부인이 그를 붙잡더니 옥수수 빵 한 조각을 건넸다. 매트는 그제야 시장기를 느꼈다.

마리는 궁금해하는 또래 여자 애들과 의심쩍어하는 개들을 밀치고 앞장섰다. 강가에 도착한 마리가 작은 카누를 풀고 매트에게 먼저 올라타라는 몸짓을 했다. 덕분에 매트는 반쯤 마른 옷을 다시 적시지 않아도 되었다. 숲길에 들어서자 마리가 속력을 냈다. 매트는 조용하고 날랜 소녀의 걸음을 따라잡는 게 쉽지 않았다. 마리의 움직임은 아틴과 닮긴 했지만 더 경쾌하고 우아했다.

잠시 후 매트가 용기를 내어 침묵을 깼다.

"영어를 굉장히 잘하는 것 같아."

"아틴 오빠가 네 이야기를 많이 했어. 재미난 이야기를 해 준다고."

"아틴은 여동생이 있다는 말도 안 하던걸."

마리가 웃었다.

"아틴은 여자를 우습게 생각해. 머릿속엔 온통 사냥 생각뿐이니까."

"나도 여동생이 있어. 곧 여기로 올 거야."

"이름이 뭔데?"

"세라. 아마 너보다 어릴걸. 그런데 마리는 인디언 이름이 아닌 것 같은데?"

"내 세례명이야. 신부님이 세례를 해 주셨어."

아틴은 신부에 대해서도 말을 한 적이 없다. 메인 주에서는 영국인 정착민이 들어오기 오래전부터 프랑스의 예수회 신부들이 인디언들과 함께 살고 있었다. 매트도 그 사실을 잘 알고 있었다.

"여동생이 도착하면 아틴과 같이 놀러 올래?"

"그럴게."

마리는 예의 바르게 대답했지만 그 목소리에는 왠지 그럴 일은 없을 거라는 느낌이 깔려 있었다.

마침내 바로 앞쪽에서 개 짖는 소리가 들려오자 둘은 달리기 시작했다. 두려움 속에서도 개는 소녀를 알아보고 꼬리를 마구 흔들며 반가워했다. 개는 마리가 내미는 고기를 꿀꺽 삼키긴 했지만 덫을 건드리지는 못하게 했다. 마리는 이런 상황을 미리 예상한 듯, 가지고 온 담요를 개의 머리 위로 던져 덮어씌우고 배 밑으로 끝자락을 모았다. 마리가 놀라운 힘으로 개를 꽉 끌어안고 실랑이를 벌이는 동안 매트는 두 손으로 덫을 잡고 천천히 힘을 주어 벌렸다. 잠시 후 개가 풀려났다. 녀석은 재빨리 담요에서 빠져나와 세 다리로 어정쩡하게 뛰면서 조금 떨어진 곳으로 가 버렸다. 덫에 걸렸던 발이 약간 비뚤어진 채 다리에 매달려 있었다.

매트는 급하게 뛰어온 데다 톱니로 꽉 맞물려진 쇠 덫을 벌리느라 애를 썼기 때문에 몹시 숨이 찼다.

"부러진 것 아닐까."

매트가 숨을 몰아쉬며 말했다.

"아틴 오빠가 치료해 줄 거야."

마리는 집 안을 정리하듯 차분하고 익숙한 동작으로 담요를 다시 접었다.

둘은 천천히 걸었다. 개는 가끔 고개를 숙여 피 나는 발을 핥으며 절뚝절뚝 두 사람을 따라왔다. 문제가 해결되고 나니 피로가 밀려왔다. 오두막에서 인디언 마을까지 오가느라 힘이 빠진데다, 마을까지 돌아가는 길도 끝이 없는 것처럼 보였다. 매트는 강으로 가는 길에서 급하게 다가오는 아틴을 만나자 안도의 한숨이 절로 나왔다.

"할머니가 가 보라고 하셨어. 네가 덫을 풀었니?"

"마리가 도와주었어."

아틴은 가만히 서서 절뚝거리며 다가오는 개를 바라보았다.

"멍청한 놈 같으니라고. 거북이족 냄새도 못 알아차리다니……. 내가 왜 저렇게 바보 같은 놈을 다시 데리고 가야 하지?"

매트는 아틴의 가혹한 말을 있는 그대로 받아들이지 않았다. 개도 마찬가지였다. 개의 지저분한 꼬리는 기쁨에 겨워 땅을 쳤고, 갈색 눈은 애정을 가득 담고 인디언 주인을 우러러보았다. 아틴은 주머니에 손을 넣어 말린 고기 한 조각을 꺼내 주었다. 그런 뒤 몸을 구부려 부드럽게 녀석의 부러진 발을 손으로 감쌌다.

두 번째 초대

이틀이 지난 뒤 아틴이 와서 말했다.

"할머니가 너를 데려오라고 하셨어."

"친절하시구나. 하지만 손은 이제 거의 다 나았어. 약은 더 안 발라도 돼."

"약 바르려고 그러는 게 아니야."

매트가 무슨 말인지 몰라 어리둥절한 표정을 짓자 아틴이 설명했다.

"할머니는 백인 소년이 인디언 개 한 마리 때문에 먼 길을 달려 온 것에 놀라셨어. 너를 초대하시겠대."

매트는 다시 한 번 강을 건너 인디언 마을로 가게 되었다. 개들이 짖고 아이들이 킥킥거렸지만 이번에는 자신이 이방인처럼 느껴지지 않았다. 사크니스 할아버지가 손을 들어 환영해 주었다. 할머니도 딱히 웃음을 보이진 않았지만 얇은 입술이 조금은 부드러운 표정을 짓는 듯했다. 마리도 할머니 뒤에서 말없이 웃어 주었다. 할머니는 조개껍질로 된 국자로 솥에 담긴 생선과 옥수수 스튜를 그릇에 퍼 담았다. 그러고는 아틴과 할아버지, 매트가 음식을 먹는 동안 뒤로 물러나 앉아 있었다. 할머니와 마리는 남자들이 식사를 끝낼 때까지 아무것도 먹지 않았다.

아틴은 이번엔 식사를 마친 후에도 매트를 보내려고 서두르지 않았다. 오히려 당당하게 집주인 행세를 하면서 마을을 구경시켜 주었다. 매트가 몇 발짝에 한 번씩 멈춰 서서 여자들이 일하는 걸 지켜볼 때마다 아틴은 재미있어했다. 매트는 궁금한 것이 너무 많았다. 자기가 집안일을 하면 여자들 일을 한다며 아틴이 깔본다는 것을 잘 알고 있었다. 하지만 아틴은 다음 날 무엇을 해 먹을지 걱정할 필요가 없지 않은가. 매트는 배우고 싶은 것들이 너무 많았다. 여자들이 둥그런 돌절구에 말린 옥수수를 빻는 것이나, 자작나무 껍질로 만든 체로 거친 밀가루를 치는 모습을 자세히 살펴보았다. 딸기를 나무껍질에 넣어 말리는 것도 눈여겨보았다. 무엇보다 감탄을 자아낸 것은 긴 자작나무

껍질로 만든 바구니였다. 어찌나 촘촘하게 엮어서 귀퉁이에 고정시켰던지 물을 담아 끓여도 될 정도였다.

'저걸 기억해 놨다가 그대로 만들어 봐야지' 하고 매트는 마음먹었다.

아틴은 처음엔 매트의 질문에 친절하게 대답하는 듯했으나 결국 '여자들의 일'을 참을 수 없게 되었다. 그는 한 무리의 소년들이 둥글게 웅크리고 앉은 곳으로 매트를 데려 갔다. 아이들은 먼지 나는 길바닥에서 왁자지껄하게 놀이에 몰두해 있었다. 소년들이 원을 넓혀 두 사람이 끼어들 자리를 만들어 주자 매트도 어색하게 웅크리고 앉아 놀이를 구경했다.

아이들은 한 명씩 차례로 나무 사발에 담겨 있는 둥글고 납작한 뼈 여섯 개를 흔들어 땅에 던졌다. 뼈의 한 면은 붉은색으로 칠해져 있었는데 붉은 표시가 가장 많이 나온 사람이 이기는 놀이였다. 이긴 소년은 흡족한 표정으로 다른 아이들에게서 조그만 작대기를 받았다. 아이들이 사발을 매트에게 건네주었다. 운 좋게도 여섯 개 중 다섯 개가 붉은 쪽이 나왔다. 소년들은 우스꽝스럽게 익살을 떨며 작대기를 그의 앞에 모아 주었다.

간단한 게임인데도 모두들 너무 신나하며 고함을 질러 대는 것이 이상했다. 사발은 빠른 속도로 돌았고 작대기의 주인도 계속 바뀌었다. 그러는 가운데 이윽고 의문이 풀렸다. 작대기를 모두 잃은 아이가 한숨을 크게 내쉬며 팔에 차고 있던 넓은 구리 팔찌를 빼서 이긴 아이에게 던져 주었던 것이다.

'바로 이거군.'

매트는 조용히 생각에 잠겼다.

'나도 막대를 모두 잃게 될 순간이 오겠지. 만일 그렇게 되면 무엇을 내놓아야 하나?'

그리 오래 기다릴 필요가 없었다. 다음 차례에서 매트가 던진 뼈들은 모두 하얀색을 드러냈다. 가엾게도 매트는 그 전에 받았던 막대를 모두 내주어야 했다. 아이들은 좋아서 소리를 지르며 매트의 다음 행동을 기다렸다.

'뭘 주지?'

매트는 머리를 쥐어짰다. 가진 거라곤 주머니칼 하나뿐인데 그것이 없으면 생존이 곤란해진다. 그때 두 소년이 다가오더니 등 뒤에서 매트의 셔츠를 벗기려고 했다. 아틴은 가만히 보고만 있었다. 매트는 굳어진 표정으로 셔츠를 머리 위로 벗어서 이긴 아이에게 던져 주었다.

'꼴좋다.'

매트는 속으로 생각했다. 아버지는 절대로 도박은 하지 못하게 했었다.

'그건 그렇고, 이제 셔츠가 없으니 어쩌지?'

셔츠라곤 그것 하나밖에 없었다.

아틴의 제의로 구슬 던지기 놀이는 끝이 났다. 아틴은 벌떡 일어나더니 어디선가 사슴 가죽으로 만든 부드러운 공을 가지고 나타났다. 다른 소년들도 곧바로 사방으로 뛰어가더니 가는 막대기를 들고 와서 그중 하나를 매트에게 건넸다. 그것은 기묘하게 생긴 방망이였는데, 가볍고 잘 휘어졌으며 끝 부분이 널찍하고 편편하게 꺾여 있었다. 매트는 조금 전의 모욕감은 모두 잊은 채 싱긋 웃었다. 퀸시에서 함께 놀던 친구들이 매트를 본다면 분명 이런 말을 했을 것이다.

"방망이로 하는 거라면 매트는 누구에게도 지지 않아!"

매트는 시끌벅적하게 편을 가르는 아이들 가운데로 뛰어들었다. 그러나 매트는 이렇게나 빠르고 인정사정없는 놀이는 해본 적이 없었다. 공을 손이나 발로 건드려서는 안 되고, 방망이로만 쳐서 날려 보내는 놀이였다. 공이 땅에 떨어지면 방망이 끝으로 주워야 했다. 인디언 소년들은 당황스러울 정도로 빠르고 기술이 뛰어났는데, 다른 사람 얼굴에 공이 맞는 것도 아랑곳하지 않고 무자비하게 방망이를 휘둘러 댔다. 매트의 얼굴에도 여지없이 공이 날아왔다.

누군가 팔꿈치로 오른쪽 눈을 쳤을 때 매트는 이게 우연한 사고는 아니라고 생각했다. 소년들은 매트를 시험하고 있었다. 매트는 어깨와 머리를 맞는 것도 아랑곳없이 공을 향해 필사적으로 방망이를 휘둘렀지만 계속 빗나가기만 했다. 하지만 가끔 공을 맞춰 방망이가 가죽을 찰싹 때릴 때의 느낌은 아주 좋았다. 지금은 오히려 셔츠를 안 입고 있는 게 다행스러웠다. 착 달라붙는 영국식 바지 대신 인디언 아이들처럼 사타구니만 가린 차림이라면 더욱 좋을 것 같았다. 하지만 옷차림을 따질 겨를이 없었다.

마침내 순전히 운으로 매트가 땅에 표시한 구멍 안으로 공을 들여보냈다. 같은 편 아이들이 환호를 하며 쑤시는 어깨를 철썩철썩 쳐 댔다. 숨이 차고 땀이 줄줄 흘러내렸지만 매트도 싱긋 미소를 지어 주었다.

잠시 후, 아이들은 함성을 지르며 모두 함께 강으로 달려 내려가 개구리마냥 첨벙첨벙 물속으로 뛰어들었다. 얼굴을 물속에 담그고 떠 있노라니 뜨거운 뺨에 와 닿는 차가운 물이 더없이 시원했다. 갑자기 갈색 팔이 매트의 목을 감아 아래쪽으로 끌어내렸다. 몸부림을 쳐 빠져나온 매트가 검은 머리 하나를 두 손으로 붙잡아 물속으로 끌고 들어갔다. 잠시 후 둘은 물 위로 떠올라 숨을 몰아쉬며 웃어 댔다. 매트는 아무 생각 없이 즐거움에 흠뻑 빠져 들었다. 퀸시에서 뛰어놀던 어린 시절로 돌아간 것처럼 좋았다.

매트가 할머니에게 인사를 하려고 아틴의 오두막을 찾아갔을 때는 이미 해가 소나무 꼭대기에 걸려 있었다. 할머니는 가만히 서서 매트를 요리조리 살펴보았는데, 그 날카로운 눈초리에 매트의 얼굴이 화끈거렸다. 얼굴이 가관일 것이라는 건 매트도 알고 있었다. 이마에는 달걀만 한 혹이 나 있고, 오른쪽 눈가는 멍이 들었을 터였다. 할머니가 아틴에게 몇 마디 나무라는 듯한 말을 했다. 아틴은 어깨를 한 번 으쓱하고 밖으로 나가더니 잠시 뒤 매트의 셔츠를 들고 돌아왔다.

"애들이 일부러 그런 거야. 전부 장난이었어."

아틴이 씩 웃으며 말하자 매트가 쏘아붙였다.

"장난치곤 대단하네."

매트는 돌려받고 싶지 않았지만 하나밖에 없는 셔츠를 가지고 자존심을 내세울 여유가 없었다. 매트는 뾰로통한 표정으로 셔츠를 머리부터 뒤집어썼다.

둘이 떠나기 전 할머니가 땅콩과 딸기가 듬뿍 든 케이크를 한 조각씩 건네 주었다. 손자를 바라보는 할머니의 눈길은 따뜻하고 밝았다. 매트는 자신을 바라보던 어머니의 눈빛을 떠올렸다. 어머니는 화가 난 척하면서도 아들에 대한 애정 어린 눈빛을 감추지 못했었다. 갑자기 가족에 대한 그리움이 매트의 가슴을 날카롭게 후벼 팠다.

오두막 바깥에는 아틴의 개가 기다리고 있었다. 개는 절뚝거리며 강까지 따라와 매트가 카누에 타자 뒤따라 폴짝 뛰어올라서는 매트의 곁에 자리를 잡았다. 예전엔 한 번도 그렇게 가까이 온 적이 없었다.

아틴이 그것을 눈치 채고 한마디 했다.

"개는 뭐든 다 기억해."

'그게 정말일까?'

매트는 의아했다. 덫에 걸려 미칠 듯한 고통과 두려움에 떨고 있던 순간에, 누군가 자신을 구해 주려 했다는 것을 개가 기억할 수 있을까? 그 끔찍한 경험을 모두 기억할 수 있단 말인가? 사람은 개의 마음을 읽지 못하지만 개는 사람의 마음을 아는 듯했다. 아주 천천히, 매트는 아래로 다가가 개 등에 손을 올려놓았다. 개는 움직이거나 으르렁거리지 않았다. 매트는 부드럽게 너덜너덜해진 귀 뒤를 긁어 주었다. 그러자 개는 조금씩 리듬에 맞춰 꼬리로 카누 바닥을 두드리기 시작했다.

카누가 반대편 강둑에 닿았는데도 아틴은 매트가 내리는 걸 지켜보기만 할 뿐 따라 내리려 하지 않았다. 아마도 여기까지만 와 줄 모양이었다. 매트가 머뭇거리자 아틴이 손을 흔들었다. 그때 어쩌면 이것은 칭찬일지도 모른다는 생각이 퍼뜩 들었다. 말은 안 했지만 매트가 혼자 숲길을 찾아 돌아갈 수 있다는 것을 인정한다는 뜻이었다. 매트는 아직 완전히 자신은 없지만 아틴에게 손을 흔들어 주고 숲길로 접어들었다. 날은 점점 어두워지고 있었다. 빠르게 걷지 않으면 길을 따라 나 있는 표식들을 알아보지 못할 것이다.

피곤이 몰려왔다. 이마에 난 혹도 욱신거렸다. 머리끝에서 발끝까지 온몸이 아팠고 눈은 부어서 감기기 직전이었다. 그런데도 알 수 없는 충만감이 매트의 마음을 가득 채웠다. 아틴의 개가 마침내 그를 따르기 시작해서였을까? 아니다! 더 큰 변화가 있었다. 매트는 시험을 통과한 것이다. 온몸에 든 멍들이 그것을 입증하고 있었다. 매트는 최소한 아틴을 망신시키지는 않았다. 그는 만족감을 느꼈다. 아버지가 떠난 이후 처음으로 혼자라는 느낌에서 벗어날 수 있었다.

위대한 정령 마니투

그 뒤 며칠 동안 매트는 목이 빠지게 아틴을 기다렸다. 아침 일찍 일어나 집안일을 다 해 놓고 아틴이 혹시 인디언 마을에 가자고 하면 즉각 출발할 수 있도록 채비를 갖추었다. 그러나 아틴은 오지 않았다. 매트는 느긋해지자고 다짐했지만 날이 갈수록 새로 얻은 자신감이 서서히 사라지고 있었다. 어쩌면 자기 혼자만 시험을 통과했다고 생각한 건지도 몰랐다. 아틴의 눈에는 실격으로 보일 수도 있었다.

일주일이나 지나서야 아틴이 얼굴을 내밀었다. 매트는 아틴의 얼굴을 보는 순간 자신을 초대하러 온 것이 아님을 느낄 수 있었다. 인디언 소년은 심각한 표정을 지으며 웃지도 않았는데 그래선지 그 어느 때보다도 자기 할아버지와 닮아 보였다. 아틴은 탁자에 앉아 매트가 펼친 책을 뚫어지게 들여다보았다. 하지만 마음은 딴 데 가 있는 것이 분명했다. 아틴은 이야기를 들으려고도 하지 않았고, 지난주에 배운 단어들은 이미 다 잊어버린 것처럼 보였다.

"기억이 안 나."

아틴이 조급하게 말했다.

"할아버지가 많은 걸 알려 주셨어."

"뭐, 어떤 건데?"

아틴은 한참만에 입을 열었다.

"사냥철이 다가오고 있어."

매트는 갑자기 희망을 느꼈다. 그동안 아틴이 오지 않은 것은 자기의 실격하고는 아무 상관이 없었다. 아틴은 해마다 낙엽이 지기 시작하면 인디언들은 순록과 사슴 사냥에 나서기 위해 마을을 떠난다고 말해 주었다. 매트는 어른들과 함께 사냥에 나서는 것이야말로 아틴이 세상에서 가장 원하는 일이라는 걸 잘 알고 있었다. 지난 며칠 간 아틴이 할아버지 곁에 딱 들러붙어서 자신이 쓸모 있는 사냥꾼이며, 어른들을 따라나서기에 모자람이 없음을 입증하려고 얼마나 애썼을지 상상이 갔다.

"나 내일 못 와. 아마 오랫동안 못 올 거야."

"그럼 너도 사냥을 떠나는 거니?"

매트가 부러움을 감추며 물었다. 아틴은 고개를 저었다.

"나는 마니투를 찾으러 가야 해."

매트는 어리둥절했다.

'마니투라니? 무슨 사슴 이름인가?'

아틴이 설명해 주었다.

"아마 백인들은 영혼이라고 할걸. 인디언 소년이라면 누구나 마니투가 있어야 해. 나도 이제 그걸 찾을 때가 된 거야."

"영혼은 어떻게 찾는 건데?"

매트는 잠시 아틴이 얄궂은 장난을 치는 거라고 생각했다. 하지만 그렇게 심각한 얼굴은 본 적이 없었다. 심각하다 못해 걱정스러운 얼굴이었다.

"할아버지가 가르쳐 주셨어. 마니투는 꿈에 나온대."

매트가 웃음을 거두고 진지한 표정을 짓자, 아틴은 말로는 설명하기 어려운 신비한 이야기를 서툰 영어로 설명하려고 애쓰면서 말을 이어 갔다.

아틴은 인디언 소년이라면 누구나 마니투가 있어야 하고, 그래야만 당당한 남자로서 행세할 수 있다고 했다. 마니투는 스스로 찾아야 하며 아무도 도와줄 수 없었다. 할아버지는 며칠 동안 아틴을 훈련시켰다. 아틴은 많은 것을 배웠다. 그리고 이제 시험을 치러야만 했다.

아틴은 혼자 숲에 들어가야 한다. 그는 먼저 특별한 준비로써 몸을 깨끗이 씻고 신성한 약초를 먹어 심신을 정결히 한다. 그런 뒤 깊은 숲에 들어가서 나뭇가지를 모아 초막을 짓고 여러 날 동안 혼자 지내야 한다. 음식은 절대 먹어선 안 되지만 해가 진 뒤 시냇가에 가서 물을 조금 마실 수는 있다. 또 할아버지에게 배운 노래를 불러야 하고, 덕망을 갖추기 위해 옛적부터 비버족에게 전해 내려오는 기도문을 반복해서 암송해야 한다. 이 모든 것을 행하고 나면, 그리고 신실한 마음으로 기다리다 보면, 어느 순간 마니투가 나타난다. 마니투를 만난 뒤에는 마을로 돌아가서 새 이름을 얻고 진정한 남자이자 사냥꾼으로 거듭나게 되는 것이다.

"마니투는 어떻게 생긴 거야?"

"아무도 알 수 없어. 마니투는 다양한 형태로 나타나. 꿈에서 새나 동물, 나무를 보는 경우도 있어. 어떤 때는 아무것도 보지 못하고, 대신 목소리를 듣기도 하지. 하지만 확실하게 그 존재를 느낄 수 있어. 마니투가 나타나는 순간 그것이 자신의 마니투임을 확신할 수 있다는 거야."

"만일 마니투가 안 오면 어떻게 되는데?"

매트는 질문을 하고 나서 당황했다. 아틴의 얼굴에 어두운 그림자가 드리워졌기 때문이다. 아틴의 두 눈에 매트가 이전에는 보지 못했던 어떤 느낌이 나타났다. 슬픔, 그리고 그보다 더한 두려움이.

"기다려야지, 올 때까지. 그렇지 않으면 난 사냥꾼이 될 수 없어."

매트는 뭐라고 대꾸할 말이 언뜻 생각나지 않았다. 그는 친구로부터 멀어지고 있음을 느꼈다. 아틴의 경멸 섞인 말투에서도 느끼지 못했던 거리감이 둘 사이를 막아섰다. 이 상황은 이해할 수도, 함께할 수도 없는 것이다. 만일 아틴이 마니투를 찾으면 그는 남자들만의 세계로 떠날 것이다. 오두막에도 다시는 안 올지 모른다.

"앞으로도 여기 올 거지? 그렇지?"

모든 것이 전과 같아질 수 없음을 마음 깊이 느끼면서 매트는 불안한 듯 물었다.

"그럼, 오고말고."

아틴은 약속했다.

그날 밤, 잠에서 깨어난 매트는 담요를 어깨 위로 끌어당겼다. 숲 속은 분명 매우 추울 것이다. 매트는 아틴 생각을 떨쳐낼 수가 없었다.

'초막에 혼자 앉아 뭔가를 기다리는 건 얼마나 고생스러울까. 배도 많이 고프고 무섭기도 하겠지.'

이미 아틴의 눈에서 두려움을 읽었으니 그건 너무 뻔한 일이었다. 아틴은 실패를 두려워하고 있었다. 최악의 경우 마을로 돌아가 마니투가 나타나지 않았음을 시인해야 할 상황이 올지도 몰랐다. 그것은 너무도 수치스러운 일일 것이다. 상상만으로도 두 눈에 두려움이 가득하지 않았던가.

매트는 설사 아틴이 마니투를 만나 두 사람의 모험이 더 이상 계속될 수 없게 된다 하더라도, 아틴이 마니투를 찾게 되길 간절히 바랐다.

작별

　그러던 어느 날 아틴이 돌아왔다. 그동안 매트는 조바심을 누르며 숲길 쪽에서 눈을 떼지 못했고, 행여 아틴이 오는 것을 못 볼까 봐 오두막에서 멀리 가지도 않았었다. 그러나 아틴이 다가오는 걸 보는 순간 가슴이 철렁 내려앉았다. 아틴은 혼자가 아니었다. 사크니스 할아버지가 함께 걸어오고 있었다. 매트는 직감적으로 뭔가 문제가 생겼다는 걸 느꼈다. 어쩌면 사크니스 할아버지는 그동안 공부를 게을리 한 것을 꾸중하려고 오는 건지도 모른다. 매트는 할아버지의 얼굴을 대하기가 두려웠지만 달려 나가 정중하게 인사를 드렸다.

　사크니스 할아버지도 위엄 있게 인사를 받아 주었다. 그러나 웃지는 않았다. 그 엄숙한 얼굴을 대하니 가슴이 더 오그라들었다. 그런데 아틴 쪽으로 고개를 돌린 순간 매트는 깜짝 놀라고 말았다. 감히 물어보지는 않았지만, 아무 질문도 할 필요가 없음을 한눈에 느낄 수 있었다. 아틴은 마니투를 만난 게 틀림없었다. 아틴은 확연히 변해 있었다. 자세가 더 곧아졌고 키도 더 커진 듯했다. 나이도 더 들어 보였는데, 곧 그 이유를 깨달았다. 어깨까지 찰랑이던 검은 머리를 밀어 버리고 할아버지처럼 이마와 그 뒷부분 머리만 땋아서 붉은색 리본을 맨 것이다. 신선한 곰 기름을 바른 피부만이 아니라 온몸에서 자신감이 빛났다. 게다가 번쩍이는 라이플총까지 들고 있었다.

"총을 받았구나!"

총을 보는 순간 매트는 예의도 잊은 채 소리쳤다.

"할아버지가 비버 가죽을 여러 장 주고 사 주셨어."

아틴은 요 며칠 사이 어른이 되긴 했지만 감정을 감추는 법을 완전히 배우지는 못했다. 아틴은 더 이상 말하지 않고 할아버지의 말씀을 기다렸다. 사크니스 할아버지의 표정은 심각했지만 수업에 대해 묻지는 않았다.

"해가 점점 짧아지고 있다, 새들의 발자국처럼. 곧 강에 얼음이 언다."

"네, 벌써 10월이에요. 어쩌면 11월인지도 모르겠어요."

매트는 언제부턴가 더 이상 날짜 막대를 세지 않았다.

"이제 인디언들은 북쪽으로 간다."

사크니스 할아버지가 말을 이었다.

"사슴 사냥이다. 인디언들 모두가 떠난다. 아틴도 이제 백인의 표시를 배우러 오지 않는다."

매트는 대답이 나오지 않았다.

"백인 소년의 아버지는 오지 않았다."

사크니스 할아버지의 말이 떨어지기 무섭게 매트가 재빨리 입을 열었다.

"아버지는 곧 오실 거예요."

사크니스 할아버지는 냉정한 눈빛으로 매트를 보면서 조용히 말했다.

"어쩌면 못 올지 모른다."

매트는 마음이 격해졌다. 자기 스스로도 인정할 수 없어 마음속에 감추어 두었던 두려운 상황을 다른 사람의 입을 통해 듣는 일은 견디기 힘들었다.

"반드시 오실 거예요. 어쩌면 오늘 오실지도 몰라요."

매트의 목소리가 높아졌다.

"곧 눈이 온다. 집에서 혼자 지내는 것은 좋지 않다. 백인 소년, 인디언들과 함께 떠나자."

매트는 사크니스 할아버지를 똑바로 바라보았다.

'자기들과 함께 사냥을 떠나자는 말인가? 1년 중 가장 중요한 사냥에 나를 데려가겠다고?'

사크니스 할아버지가 처음으로 미소를 보였다.

"사크니스가 백인 소년에게도 아틴과 똑같이 사슴 사냥하는 법을 가르쳐 준다. 백인 소년과 아틴은 형제처럼 지낸다."

즐거운 희망이 매트의 마음속에서 용솟음치기 시작했다. 그 순간 매트는 그동안 자기가 얼마나 불안했었는지 깨달았다. 이것은 두려움에서 벗어날 수 있는 탈출구였다. 인디언들을 따라간다면 기나긴 겨울을 혼자 오두막에서 지내지 않아도 될 터였다. 그러나 새로운 희망은 빨리 다가온 것만큼 빨리 사라져 갔다. 사냥에도 따라가고 싶고 혼자 남겨지는 것도 두려웠지만 대답은 어차피 하나라는 걸 매트는 알고 있었다.

"고맙습니다. 저도 사냥을 떠나고 싶어요. 하지만…… 전 그럴 수 없어요. 만일 아버지가 오시면, 제가 어디로 가 버렸는지 모르실 테니까요."

"백인 기호를 써 놓고 떠나면 된다."

매트는 마음이 흔들렸지만 어쩔 수 없었다.

"오두막에 무슨 일이 일어날지도 몰라요. 그리고 아버진 저를 믿고 집을 맡겼어요."

"어쩌면 안 올지도 모른다."

사크니스 할아버지는 그 말을 반복했다. 이번엔 웃지 않았다.

"곧 오실 거예요."

매트는 뜻을 굽히지 않았다. 말하는 중간에 목소리가 갑자기 변한 것이 창피했다.

"아버지가 못 오게 되면 다른 사람이라도 보낼 거예요. 무슨 일이 있어도 방법을 찾을 거예요. 저희 아버지가 어떤 분인지 몰라서 그래요."

사크니스 할아버지는 잠시 생각에 잠기는 듯하더니 마침내 입을 열었다.

"백인 소년은 훌륭한 아들이다. 그러나 우리와 같이 가는 게 좋다. 사크니스는 백인 소년을 응퀘니스(손자)로 기꺼이 받아들인다."

매트는 계속 머리를 젓는 것 외엔 다른 도리가 없었다. 그러나 할아버지의 말을 듣는 순간 목구멍에 커다란 덩어리라도 걸린 것처럼 목이 메었다. 매트는 겨우 입을 열었다.

"정말…… 고맙습니다, 할아버지. 할아버지는 저에게 잘해 주셨어요. 하지만 저는…… 오두막을 지켜야 해요."

사크니스 할아버지는 아무 말 없이 손을 내밀었다. 매트는 여윈 그 손바닥 위에 자신의 손을 올려놓았다. 사크니스 할아버지와 아틴, 두 인디언은 몸을 돌려 떠났다. 아틴은 잘 있으라는 인사조차 없었다. 이제 수업은 없을 것이다. 이야기도, 함께 숲길을 걷는 일도, 낚시도……. 오늘도 그리고 앞으로도 영원히.

갑자기 외로움과 공포가 밀려왔다. 매트는 두 사람을 향해 달려가고 싶었다. 가서 마음이 바뀌었다고 말하고 싶었다. 여기서 혼자 겨울을 맞느니 어디든 따라가고 싶다고 말하고 싶었다. 하지만 매트는 이를 악물고 그 자리에 그냥 서 있었다. 잠시 후, 매트는 도끼를 집어 들고 장작을 패며 자신에 대한 분노를 삭였다.

복잡한 생각들이 머리속을 맴돌았다.

'나는 정말 어리석고 고집 센 바보인가? 인디언들을 따라 나서는 게 현명한 일이 아니었을까? 아버지도 이해해 주지 않을까?'

인디언에게 붙잡힌 백인들 중에는 다시 백인 사회로 돌아오지 않는 사람들이 많다는 이야기를 들었던 것이 떠올랐다. 몇 년간 인디언들과 함께 숲 속에서 산 뒤에는 백인 사회로 돌아갈

기회가 있어도 인디언들과 함께 머무는 쪽을 선택한다는 것이
다. 전에는 도저히 이해할 수 없었지만 이제는 충분히 그럴 수
있다고 생각했다. 매트는 더 이상 인디언을 불신하지 않았다.
매트는 아틴과 사크니스 할아버지는 좋은 사람들이고, 아틴의
할머니도 이제 자신을 좋아하고 있으며, 가진 것이 아무리 적다
해도 반드시 함께 나눌 사람들이라는 걸 알았다. 그는 인디언들
의 오두막에서 진정한 우정과 선의를 배웠다. 아틴의 자유와 유
유자적한 숲 속 생활, 마을의 장난꾸러기 친구들이 부러웠다.

'만일 내가 어렸을 적에 인디언들에게 포로로 잡혀 그들 손에
서 길러졌다면 어떤 선택을 했을까?'

그런 경우라면 지금과는 다른 결정을 내렸을 것이다. 매트는
인디언들이 함께 떠나자고 제안했다는 사실만으로도 자랑스러
웠다. 하지만 아틴이 사냥꾼이 되는 걸 자랑스러워하는 것과는
다를 수밖에 없다는 것을 알고 있었다. 매트는 자기 자신의 가
족에 속해 있었다. 아틴이 할아버지에게 연결되어 있듯이 매트
도 자기 가족에게 연결되어 있었다. 더구나 어머니를 다시 볼
수 없을지 모른다는 생각은 배고픔이나 외로움보다 더 날카로
운 아픔으로 가슴을 파고들었다. 이곳은 가족들의 보금자리를
이루기 위해 아버지가 개척한 땅이었다. 또한 매트 자신의 땅이

기도 했다. 여기를 버리고 떠날 수는 없는 일이었다.

아틴이 작별 인사 한마디 없이 가 버린 것이 계속 마음에 걸렸다.

'마음이 상한 걸까? 내가 함께 가 주기를 원했던 걸까? 그래서 형제가 되기를? 아니면 수업을 들으러 왔을 때처럼 그냥 할아버지에게 복종하는 것뿐일까?'

아틴의 마음을 짐작하는 것은 언제나 쉽지 않았다. 아틴은 사냥꾼이 되었다. 그에게는 총도 있었다. 이젠 숲 속을 헤매거나 모험담을 듣고 앉아 있을 시간이 없을 것이다. 결코 멋진 사냥꾼이 될 수 없는 백인 소년과 더 이상 티격태격할 필요도 없을 것이다. 그렇지만 적어도 사크니스 할아버지가 했던 것처럼 손을 내밀 수는 있지 않았을까.

마지막 선물

그러지 않으려고 애를 써도 매트의 눈은 아침마다 아틴을 찾아 헤맸다. 그렇게 나흘이 지나자 다시는 인디언 친구를 만날 수 없겠구나 하는 체념이 들었다. 인디언들은 벌써 마을을 떠나 북쪽으로 향하고 있을 게 분명했다. 그래서였을까. 아틴이 개와 함께 숲길로 오고 있는 걸 본 매트는 기쁨과 안도감을 감추지 못하고 공터를 가로질러 냅다 달려가고 말았다.

"생각이 달라졌니? 우리와 떠날래?"

아틴이 연이어 물었다. 매트는 순간 기분이 착 가라앉았다.

"안 돼. 제발 내 입장을 좀 이해해 줘. 난 여기서 아버지를 기다려야 해."

아틴은 머리를 끄덕였다.

"이해해. 할아버지도 마찬가지고. 나도 아버지가 살아 있다면 당연히 너처럼 했을 거야."

두 소년은 서로를 바라보았다. 아틴의 눈에는 놀려 먹는 재미나 경멸 따위는 전혀 나타나지 않았다. '정말 이상하군' 하고 매트는 생각했다. 그동안 이 인디언 소년의 인정을 받기 위해 온갖 용감한 행동들을 꿈꾸었건만, 결국 인정을 받은 것은 떠나지 않고 남겠다는 바로 그 결정이었다.

"할아버지가 보낸 선물이야."

이윽고 아틴이 말문을 열었다. 그러고는 등에서 눈 신발 한 켤레를 끌러 냈다. 새 신이었는데, 나무 부분은 매끈하게 윤이 났고, 사슴 가죽이 깔끔한 모양으로 꿰매져 있었다. 매트가 뭐라 말을 하기도 전에 아틴이 다음 선물을 꺼냈다.

"이건 할머니가 보내신 거."

아틴은 가죽주머니에서 단풍당이 들어 있는 작은 자작나무 광주리를 꺼냈다. 이런 늦가을에는 인디언들에게도 드물고 귀한 음식이라는 걸 매트도 잘 알고 있었다.

"고마워. 다음에 돌아오면 내가 수액을 많이 모아 드리겠다고 할머니께 말씀드려 줘."

아틴은 아무 말 없이 한참을 바라보다가 입을 열었다.

"돌아오지 않아."

"봄에 말이야. 사냥이 끝나고."

"안 돌아와 우린. 이제 그 마을에서 안 살아. 새 사냥터를 찾았어."

"거기가 너네 집이잖아!"

"우리 부족은 사냥꾼들이야. 곧 백인들이 이리 몰려올 거라고 할아버지가 말했어. 나무를 베고 집을 짓겠지. 옥수수도 심고. 그럼 우린 어디서 사냥을 해?"

매트는 그 물음에 대답할 수가 없었다. 매트가 갖다 댈 수 있는 이유는 하나뿐이었다.

"네 할아버지가 읽는 걸 배우라고 하셨잖아. 내가 그렇게 잘 가르쳐 주지 못한 건 알아. 하지만 우리 식구들이 돌아오면 상황이 달라질 거야. 우리 엄마가 읽기를 가르쳐 줄 수도 있어. 쓰기도 물론이고."

"내가 왜 영어를 배워야 하지? 할아버지랑 우리 아버지는 백인 글자를 몰랐어도 용감한 사냥꾼이었어."

"할아버지가 조약을 이해할 수 있어야 된다고 그러셨잖아."

매트도 굽히지 않았다.

"우린 멀리 떠나. 백인들이 없는 곳으로. 그러니 조약서 같은 건 이제 필요 없어."

매트의 마음을 오랫동안 괴롭혀 온 의문이 있었다. 이제 아틴이 영영 가 버리기 전에 그 대답을 들어야 했다. 매트는 천천히 말문을 열었다.

"여기 이 땅 말이야, 우리 아버지가 오두막을 지으신 이 땅이 원래 네 할아버지 것이었니? 할아버지 거였어?"

"무슨 소리야? 사람이 땅을 가진다고?"

아틴이 물었다.

"그래, 땅을 가질 수 있어. 지금 이 땅은 우리 아버지 거야. 돈을 주고 사셨으니까."

매트가 대답했다.

"도저히 이해가 안 돼."

아틴이 언짢은 표정으로 말을 이었다.

"사람이 어떻게 땅을 소유한다는 거야? 땅은 공기와 같아. 거기서 살아가는 모든 사람들을 위해 있는 거지. 비버와 사슴을 위한 것이기도 하고. 사슴이 땅 주인이 될 수 있어?"

이해하길 원치 않는 사람에게 어떻게 그것을 설명한단 말인가 하고 매트는 생각했다. 하지만 마음 깊은 곳 어디에선가 아

틴의 생각이 옳고 자신의 생각이 잘못된 것일 수도 있다는 의혹
이 불쑥 솟았다. 그러나 그 말은 하지 않는 게 좋을 것 같았다.
대신 매트는 물었다.

"그럼 어디로 가는 거야?"

"해가 지는 쪽에 광활한 숲이 있다고 할아버지가 그랬어. 백
인들도 아직 없는 곳이래."

서쪽으로 가는 것이다. 언젠가 아버지가 서부에 대해 말하는
걸 들은 일이 있었다. 거기엔 정착하기 좋은 땅이 있다고 했다.
퀸시에 살 때 이웃 사람들 중 몇몇은 메인 주에 땅을 사는 대신
서부로 가는 걸 선택했다. 매트는 차마 그곳에도 곧 백인들이
몰려갈 거라는 말을 할 수가 없었다. 하지만 서부에 가면 끝없
는 땅이 있다고 사람들은 말했다. 매트는 숲이 워낙 커서 백인
과 인디언 모두가 함께 살 수 있을지도 모른다고 생각했다. 매
트가 무슨 말을 할지 생각을 정리하기도 전에 아틴이 다시 입을
열었다.

"나도 선물을 줄게. 개가 너를 좋아해. 너와 함께 여기 있으
라고 할 거야."

"개를 데려가지 않겠다는 거야?"

"사냥에 별 도움도 안 돼. 이젠 걸음도 잘 못 걷고. 녀석도 여

기서 메다베(백인 형제)와 함께 지내는 게 훨씬 나을 거야."

아틴은 아무렇지도 않게 말했지만 매트를 속일 수는 없었다. 어딜 가나 졸졸 따라다니는 '아무짝에도 쓸모없는 개'를 아틴이 얼마나 아끼는지 매트는 잘 알고 있었다.

게다가 아틴이 자기를 백인 형제라고 불렀다!

매트는 할 말이 떠오르지 않았다. 하지만 무언가를 해야만 한다는 것은 알았다. 아틴에게 선물을 주어야 마땅한데 줄 만한 게 아무것도 없었다. 매트 맘대로 할 수 있는 소유물이 하나도 없기 때문이었다. 『로빈슨 크루소』? 더 이상 영어를 배우지 않겠다는 사람에게 책이 무슨 소용 있겠는가.

줄 것이 하나 있기는 했다. 거기에 생각이 미치자 매트는 뱃속이 꼬이는 것 같았다. 하지만 매트가 가진 것 중에서 아틴이 준 선물에 어울릴 만한 물건은 그것뿐이었다.

"잠시만 기다려."

매트는 오두막 안으로 들어가서 양철통을 꺼냈다. 시계가 안에서 똑딱거리며 가고 있었다. 너무 피곤해서 날짜 표시조차 하지 못하던 날도 태엽 감는 일만은 잊은 적이 없었다. 매트는 아버지가 자신에게 줄 때 그랬던 것처럼 깨지기 쉬운 알이라도 되듯 조심스레 시계를 꺼내 손에 쥐었다. 아버지는 결코 이해하지 못할 터였다. 하지만 매트는 두 번 생각하기도 전에 아틴에게 뛰어갔다.

"나도 네게 줄 선물이 있어. 이건 하루의 시간을 말해 주는 기계야. 태엽 감는 법을 가르쳐 줄게."

아틴은 매트보다도 더 조심스럽게 시계를 건네받았다. 아틴의 표정에 숨길 수 없는 기쁨과 흥분이 나타났다. 아마도 아틴은 시계가 필요 없을 것이다. 아틴은 하늘의 태양과 나무의 그림자를 보고 시간에 대한 모든 것을 알았다. 하지만 아틴은 매트의 선물이 소중한 것임을 알고 있었다.

"정말 멋지다."

아틴은 시계를 조심스레 가죽주머니에 담았다. 그리고 손을 내밀었다. 두 소년은 어색하게 악수를 했다.

"네 아버지는 곧 오실 거야."

"메인에서 가장 큰 사슴을 잡길 바라."

아틴은 몸을 돌려 숲으로 향했다. 개가 따라가려고 일어서자 아틴이 다시 앉으라고 엄하게 명령했다. 개는 당혹스러워하면서도 앉아서 턱을 두 발 사이에 괴었다. 그리고 멀어지는 아틴의 모습을 보며 작은 소리로 그르렁거렸지만 주인의 뜻을 거스르진 않았다. 매트는 무릎을 꿇고 개의 머리를 쓰다듬었다.

다시 혼자가 되어

매트는 하루 일과를 일로 채워 나갔다. 오두막 손보는 일도 소홀히 하지 않았다. 진흙이 말라서 갈라진 통나무 벽의 틈새는 새 흙과 자갈을 섞어 살뜰하게 메워 두었다. 집 안도 틈새를 꼼꼼히 메워 더 아늑해진 느낌이 들도록 했다. 오두막 벽에 쌓은 장작도 날이 갈수록 높아져 갔다.

추수한 것은 얼마 되지 않았지만 그것도 안전한 곳에 보관해 두었다. 사슴과 까마귀들로부터 겨우 지켜 낸 옥수수는 모두 껍질을 까 두었다. 저녁을 먹고 난 뒤 난롯가에 앉아 마른 옥수수 속대에서 알을 뜯어냈다. 동생 세라가 기나긴 겨울 저녁 내내 그 일을 하던 기억이 떠올랐다. 인디언처럼 오래된 조개껍질로 옥수수 알을 뜯어내고 있는 자신의 모습을 본다면 세라는 아마 웃음을 터뜨릴 것이다. 매트는 어머니가 그랬던 것처럼 옥수수 껍질을 엮어 옥수수 이삭들을 벽에 매달아 두었다. 힘든 계절이 오면 이것들이 한 줄기 빛과 같은 역할을 한다고 어머니가 말하신 적이 있었다. 머리 위로는 호박들을 덩굴로 묶어 방을 가로질러 걸어 놓았다. 어머니가 오면 바로 호박 파이를 만들 수 있는 준비가 된 셈이었다.

구석에 기대어 놓은 낡은 밀가루 부대에는 히커리와 버터호두, 그리고 한때는 다람쥐들이나 먹는 것으로 알았던 도토리 따위의 열매들이 넘쳐날 정도로 담겨져 있었다. 선반에 있는 자작나무 바구니에는 말린 딸기와 크랜베리가 수북했다. 연못가 습지에 보석처럼 빛나고 있는 것을 발견해 따 모은 것이다. 크랜베리는 떫은맛이 나지만 어머니가 가져올 설탕과 함께 뭉근히 끓여서 밀가루 빵에 발라 먹으면 기막힌 맛을 낼 터였다.

매트는 의식적으로 식량을 절약했다. 겨울을 나는 버팀목이 되는 것은 옥수수다. 아버지는 가족의 겨울 식량으로 쓰려고 옥수수를 심었을 것이다. 내년 봄에 밭에 뿌릴 것도 따로 남겨 두어야 한다. 매트는 자기가 양식을 거두었다는 것이 뿌듯했지만 양이 넉넉지 않다는 것을 너무도 잘 알고 있었다. 아마도 겨울 내내 사냥을 다녀야 할 것이다.

　매트는 수시로 활을 들고 아틴이 준 개와 함께 숲에 갔다. 늦가을에는 사냥감이 많지 않아서 덫은 텅 비어 있는 날이 더 많았다. 동물들은 곧 굴속 깊이 들어가 나오지 않을 것이다. 두 번인가 나무 사이에서 순록을 보았지만 매트의 작은 화살로는 그렇게 큰 동물은 어림도 없었다. 아주 가끔, 오리나 사향뒤쥐를 맞추는 일은 있었다. 다람쥐는 너무 재빨라 잡을 수가 없었다. 개는 사냥을 잘하지는 못했지만 간혹 작은 동물들을 잡았다. 매트는 개에게 먹을 것을 나누어 주었다. 녀석은 가끔 제 몫보다 더 먹기도 했는데 매트가 녀석의 간절한 눈빛을 외면하지 못했기 때문이었다. 사실을 말하자면 매트도 개도 거의 항상 배가 고팠다.

　다행히 연못과 샛강의 물고기들 덕에 굶을 일은 없었다. 매트는 사냥을 할 수 없는 시기에는 인디언들도 생선을 주로 먹는다는 것을 알고 있었다. 더구나 물고기는 쉽게 잡을 수 있었다. 덩굴이나 전나무 뿌리를 자르고 꼬아서 낚싯줄을 만들기만 하면 되었다. 매트는 아침마다 연못 표면의 얼음을 깼다. 시간이 더 지나면 도끼로 구멍을 뚫어 낚싯줄을 깊이 드리워야 할 것이다. 그 생각만으로도 몸이 부르르 떨렸다.

매트가 가장 견디기 어려운 건 추위였다. 모직 윗도리는 더울 때 거의 입지 않았으므로 아직 쓸 만했지만, 닳아서 솔기가 드러난 바지는 한쪽 무릎에 구멍이 나 맨살이 드러나는 데다 길이는 발목 위로 한 뼘이나 올라갔다. 면 셔츠는 종잇장처럼 얇아지고 작아져서 움직일 때마다 찢어지지나 않을까 신경이 쓰였다. 오두막 안도 그리 따뜻하지는 않았다. 하지만 용기를 내 밖으로 나가면 이가 덜덜 떨릴 지경이었다. 인디언들이 입고 있던 사슴 가죽 바지가 너무 아쉬웠지만 매트의 실력으로 사슴을 잡는 건 어림도 없었다.

소나무 침상에는 아버지와 매트의 담요가 두 장 있었다. 그중 하나를 가지고 몸을 따뜻하게 감싸 볼 수는 없을까? 매트는 담요를 마룻바닥에 펼쳐 놓고 해진 바지로 본을 떠 도끼와 칼을 가지고 여러 조각으로 잘랐다. 그리고 남은 조각에서 올을 조심스럽게 풀어낸 다음 다시 꼬아서 실을 만들었다. 매트는 인디언 여자들이 뼈로 바늘을 만들어 사용하던 것을 떠올리며 오두막 주변을 뒤져 얇고 단단한 뼈 조각들을 주워 왔다. 그러나 칼로 뼈를 뾰족하게 깎는 데까지는 성공했지만 구멍을 내다가 세 개가 부서져 버렸다. 그래서 뼈에 구멍을 내는 대신 옷감에 구멍을 뚫어 실을 끼우기로 했다. 마침내 담요 조각을 꿰매 모직 바지를 완성했다. 매트는 모양이 잡히지 않은 바지에 두 다리를 넣고 끈으로 허리춤을 고정시켰다. 대단히 만족스러웠다. 계속 바지춤을 추슬러야 하고 뛸 때도 거추장스럽겠지만 최소한 얼음 위에 무릎을 꿇고 낚싯줄을 드리울 수는 있을 터였다.

토끼 가죽 두 장으로는 엄지손가락이 없는 벙어리장갑을 몇 개 만들었다. 그 다음에는 양말이 없고 사슴 가죽신도 해졌으므로 담요와 오리털로 신을 만들어 보기로 했다. 예전에 억수같이 비가 쏟아지던 날, 아틴이 가죽신 안에 마른 이끼를 깔아서 빗물을 흡수하도록 하던 것이 기억났다. 이끼는 냉기를 흡수하는 데도 효과가 있을 테고 마른 이끼라면 얼마든지 있었다.

가장 만족스러운 작품은 털모자였다. 모자를 만들기에는 털이 모자라 고민하던 중, 숲에서 본 아틴의 함정이 떠올랐다. 무거운 통나무로 만든 것인데 어찌나 정교하게 만들었던지 한번 미끼를 먹으러 들어온 동물들은 절대로 빠져나가지 못했다. 그때는 비버와 수달이 통나무에 깔려 있었는데, 아틴은 가끔 곰도 걸려든다고 했다. 매트는 혼자 힘으로 조금 작은 함정을 만들어 보기로 했다. 힘이 센 동물에게 타격을 주기 위해서는 큰 통나무가 필요했지만 매트는 상처 입은 곰과 마주치고 싶지는 않았다. 곰 가죽이 있으면 더할 나위 없이 좋겠지만 작은 동물로 만족하기로 했다.

매트는 크기가 적당한 나무 두 그루를 쓰러뜨린 뒤 공 들여 다듬었다. 통나무 두 개를 가벼운 기둥 위에 고정시키는 데는 대단히 정교하게 균형을 잡는 기술이 필요했다. 여러 시간 동안 참을성 있게 작업했지만 실패를 거듭했다. 통나무들은 계속 떨어져 내렸고 그럴 때마다 발가락이나 손가락을 다칠 뻔했다. 마침내 통나무들을 적당하게 고정시킨 뒤 그 안에다 물고기 세 마리를 넣을 수 있었다.

사흘째 되던 날 아침 함정에 가 보니 놀랍게도 작은 동물 하나가 통나무에 깔려 있었다. 게다가 거의 죽어 있어서 몽둥이로 때려잡지 않아도 되었다. 강둑에서 봤던 수달보다는 작았다. 담비일까?

그날 밤, 매트와 개는 구운 고기로 포식을 했다. 냄새가 강해서 인디언들은 먹기를 꺼려하지만 지금은 이것저것 가릴 처지가 아니었다. 먹고 남은 조각들은 불 위에 걸어 연기에 그을리게 했다. 누런 기름도 많이 나왔다. 아껴 써서 생선 요리에 한 숟갈씩 넣으면 평범한 생선도 특별한 맛을 낼 것이다. 하지만 진짜 보물은 묵직하고 윤기가 흐르는 털가죽이었다. 매트는 인디언 여인들이 하던 대로 천천히 작업을 했다. 우선 날카로운 돌로 가죽에 붙은 기름과 고기를 떼어내서 강물에 씻은 다음, 시간이 날 때마다 가죽을 문지르고 잡아당겨 부드럽고 유연하게 만들었다. 그런 뒤에 바느질을 시작했다. 매트는 자신이 만든 털모자가 너무도 자랑스러웠다. 사크니스 할아버지가 봐도 부러워할 만했다.

매트는 이런 일들을 대부분 장작불 앞에서 해야 했다. 촛불 생각이 간절했다. 저녁을 먹을 때는 굴뚝 틈 사이에 끼워 둔 소나무 가지에 불을 붙여 식탁을 밝혔다. 소나무는 불은 밝았지만 연기가 많이 났고 끈끈한 송진이 자꾸 떨어졌다. 살짝 잠이라도 들어 버리면 나무로 만든 굴뚝이 다 타 버릴 것 같아 늘 마음이 불안했다. 하지만 하루 종일 장작을 패고 숲길을 걷고 나면 피로가 밀려와서 불도 켜기 전에 그냥 잠들어 버리기 일쑤였다.

아틴이 경멸하던 '여자들의 일'을 할 때마다 매트의 마음은 어머니에 대한 그리움으로 가득 찼다. 매트는 어머니가 오두막 안을 왔다 갔다 하는 모습, 옥수수 빵 반죽을 두드리며 작은 소리로 콧노래를 부르는 모습, 문에서 식탁보를 탈탈 터는 모습을 그려 보았다. 어머니는 식탁보가 안 깔린 식탁에는 식사를 차리지 않았다. 저녁이면 불가에 앉아 부지런한 손놀림으로 털양말을 뜨는 어머니의 모습이 보이는 것만 같았다. 어떤 때는 어머니의 음성이 들리는 것 같았고, 눈을 감으면 어머니의 환한 미소가 떠오르기도 했다.

매트는 어머니를 기쁘게 할 만한 일들을 찾아보았다. 어머니가 만들 근사한 요리를 위해서는 새 접시가 필요할 것 같았다. 나무를 깎아 네 개의 쟁반과 사발을 만든 뒤, 냇가에서 퍼 온 모래로 부드럽게 문질렀다. 그리고 어린 자작나무 가지를 세심하게 갈라 실처럼 만든 뒤 설거지용 작은 솔도 만들었다. 같은 방법으로 바닥을 쓸 튼튼한 빗자루도 만들었다.

매트는 좀 더 어려운 일에 도전해 보기로 했다. 바로 아기의 요람이었다. 도끼와 칼밖에 없는 처지라 인내심을 갖고 일을 해야 했다. 처음 시도한 것은 실패작이 되어 불쏘시개로 썼다. 고생 끝에 요람을 완성하고 나니 마음이 뿌듯했다. 비록 모양은 어설펐지만 부드럽게 잘 흔들렸다. 매트는 아기의 살갗이 쓸리지 않도록 표면도 매끄럽게 다듬었다. 불가에 놓인 요람은 가족들과 함께할 따뜻한 시간을 약속하듯 아늑한 풍경을 만들어 주었다. 매트는 토끼를 몇 마리 더 잡아 덮개도 만들 작정이었다.

세라를 위해서는 옥수수수염을 머리카락 삼아 인형을 만들었다. 매트는 세라가 간절히 그립다는 사실에 새삼 놀랐다. 퀸시의 집에서는 언제나 졸졸 따라다니는 세라가 귀찮고 성가시기만 했었다. 학교에서 돌아올 때 자신을 맞으러 세라가 꽁지머리를 휘날리며 달려오던 그 길과, 눈을 반짝이며 학교에서 있었던 일을 꼬치꼬치 캐묻던 모습이 떠올랐다. 여자 아이라서 다닐 학교가 없다는 것이 세라에겐 큰 불만이었다. 이곳에 온다면 세라는 숲에 대한 호기심으로 가득 차게 될 것이다. 다른 여자 아이들과는 달리 겁이 없으니 온갖 모험을 마다하지 않겠지. 세라는 아틴의 여동생 마리와 느낌이 비슷했다. 둘이 서로 친구가 될 기회가 없다는 게 무척이나 안타까웠다.

첫눈

매트는 공터 위쪽 하늘을 바라보다가 개를 돌아보며 말했다.

"눈이 올 거 같다. 너도 느끼니? 정말 그래?"

개는 코를 킁킁거리며 공기를 들이마셨다.

매트는 지금까지 운이 좋았다는 생각이 들었다. 체에 친 밀가루같이 가는 싸라기눈이 나무 사이로 흩날린 적은 있었지만 아직까지 큰 눈이 내리지는 않았다. 요즘엔 아침마다 오두막 지붕에 서리가 얼었다가 한낮의 햇살에 녹아 내렸다. 그런데 오늘은 모든 것이 달라 보였다. 하늘은 어머니의 주석 접시 같은 무거운 회색빛이었다. 떡갈나무 가지에는 말라 버린 갈색 나뭇잎들이 움직임도 없이 매달려 있었다. 까마귀 세 마리가 마른 옥수숫대 사이를 오가며 시끄럽게 먹이를 찾고, 작은 새들도 날아와 소나무 아래서 재재거리며 뛰어다녔다.

"이제 곧 크리스마스야."

매트는 큰 소리로 외쳤다. 달마다 몇 주가 있었는지 정확히 기억나지 않았다. 간혹 날짜 막대에 금 긋는 것을 잊어버린 날도 있는 것 같았다. 하루하루가 똑같았고, 혹 크리스마스가 온다 해도 다를 바 없을 것이었다. 매트는 어머니가 만들어 주시던 크리스마스 푸딩을 머릿속에서 애써 지우려 했다.

"땔나무나 더 하러 가자."

매트의 말에 개는 껑충대며 열심히 뒤쫓아 왔다.

늦은 오후부터 눈이 내리기 시작했다. 소리 없이 쌓인 눈은 나무와 그루터기, 오두막 위에 하얀 담요를 덮어 주었다. 잠자리에 들기 전 개를 데리고 밖에 나간 매트는 하얀 눈의 냉기가 가죽신을 넘어서 발목까지 차오르는 것을 느꼈다. 둘은 누가 먼저랄 것도 없이 집 안으로 후다닥 뛰어 들어왔다.

다음 날 아침, 오두막 안이 어두워서 문을 열려고 했지만 꿈쩍도 않았다. 쌓인 눈이 빗장까지 올라와 있었다. 매트는 깜짝 놀라 눈을 뚫어지게 바라보았다.

'이제 꼼짝 없이 오두막에 갇히게 되는 걸까?'

이것저것 빠짐없이 준비를 하면서도 삽은 미처 생각지 못했다. 이런 때 도끼는 티스푼이나 다름없을 것이다. 매트는 장작 몇 개를 가져와 납작하게 쪼개기 시작했다. 매트가 문에서 겨우 몇 미터 앞까지 눈을 쓸어 냈을 뿐인데, 이미 해는 중천에 올라 있었다. 매트는 눈부신 하얀 세상으로 걸어가 보기로 했다.

드디어 벽에 걸어 두었던 눈 신발을 신을 때가 왔다. 매트는 다리에 끈을 묶어 신을 신고는 오전에 내 놓은 좁은 길을 넘어 눈 위로 뛰어올랐다. 눈 신발이 가볍게 몸을 받쳐 준 덕분에 물에 떠 있는 오리처럼 균형을 잡고 설 수 있었다. 그러나 첫 발짝을 내딛는 순간, 땅에 올라온 오리처럼 뒤뚱거리며 걷기도 힘들다는 것을 깨달았다. 신발창 아래에 댄 나무 판들이 서로 걸리고 엉켜서 걸음을 걸을 수가 없었다. 하지만 곧 걷는 요령을 터득할 수 있었다. 눈 속을 자유로이 걸을 수 있다고 생각하니 큰 소리로 고함이라도 지르고 싶어졌다.

매트는 덫을 살펴보러 가는 도중 간간이 신이 나서 쫓아오는 개를 기다려 주었다. 덫은 모두 눈에 파묻혀 텅 비어 있었다. 매트는 굴에서 나오는 동물들이 걸려 들도록 덫을 좀 더 높이 올려 놓았다. 눈 신발을 신고 연못까지 걸어 가노라니 즐거운 기분이 밀려들었다. 숲 사이를 걸어 돌아오는 길에 자신이 남긴 발자국을 본 매트는 깜짝 놀랐다. 눈 위에 큰 새의 발자국이 찍혀 있는 것만 같았다. 매트는 아틴이 떠나가고 난 뒤 몇 주 만에 처음으로 행복하다고 느꼈다. 이제 눈앞에 다가와 있는 겨울이 그렇게 두렵지는 않았다. 눈 신발이 매트를 자유롭게 만들어 주었다.

오두막은 따듯하고 아늑했다. 매트는 주전자에 눈을 녹여 헴록 차를 끓였다. 도토리 껍질을 까서 으깬 뒤 호박과 함께 끓여 보기도 했다. 그리고는 몇 주 만에 처음으로 『로빈슨 크루소』를 다시 펼쳐 들었다. 불가에 앉아 책을 읽다 보니 나른하게 졸려 왔다. 혼자 지내기에는 로빈슨 크루소의 무인도가 훨씬 편하겠지만, 매트는 눈에 파묻힌 자신의 오두막을 절대로 버리지 않으리라 다짐했다.

재회

　사흘 뒤, 눈이 다시 오두막을 공격했다. 매트는 장작을 집 안으로 끌어들여 말렸다. 세 번째로 장작을 가득 안고 나르려는 참이었다. 조금 떨어진 곳에서 개가 흥분해서 짖는 소리가 들렸다. 매트는 자기도 모르게 샛강까지 달려 나가 강둑에 섰다. 다리가 팽팽히 긴장되었고 등줄기의 솜털도 바짝 일어났다. 강 주변을 바라보던 매트는 숨을 죽였다. 뭔가 검은 것이 얼어붙은 강을 따라 움직이고 있었다. 분명 작은 동물은 아니었지만 사슴이라고 하기에는 너무 키가 컸다. 그건 썰매를 끌고 있는 남자였다. 걷는 모습이 인디언 같지는 않았다. 잠시 후, 굽이진 강 모퉁이를 돌아 자그마한 두 번째 그림자가 나타났다.

매트는 아무 소리도 낼 수 없었다. 까딱 잘못하면 모든 게 유령처럼 사라져 버릴 것만 같았다. 숨을 쉴 수도 없었다. 심장이 큰 소리로 뛰고 있었다. 드디어 매트가 내달리기 시작했다.

"아빠!"

매트는 목이 멨다.

"아빠!"

아버지는 들고 있던 짐을 던져 버렸다. 그러고는 아무 말도 없이 두 팔을 둥글게 벌려 매트를 꼭 껴안았다. 어머니가 썰매에서 내려오려고 애쓰는 모습이 보였다. 매트는 몸을 굽혀 어머니를 껴안았다. 어머니는 두꺼운 외투를 입었는데도 몸집이 너무 작아 보였다. 세라가 아버지의 발자국을 따라 눈밭을 뒤뚱거리며 뛰어왔다. 멈춰 서서 매트를 바라보는 세라의 두 눈이 털모자 아래서 반짝였다. 세라는 더 이상 매트의 기억 속에 있는 꼬마가 아니었다. 매트는 어색하게 동생을 포옹했다.

개가 맹렬하게 짖어 댔기 때문에 식구들은 큰 소리로 이야기를 해야 했다.

"조용히 해!"

매트가 개를 향해 소리쳤다.

"우리 식구들이야! 드디어 도착했어. 이제 함께 모였다고."

얼음판 위에 썰매를 그대로 놔두고 모두들 눈을 헤치며 오두막으로 향했다. 매트가 문 앞까지 어머니를 부축했다. 어머니는 제대로 서 있기도 힘들어 보였다. 매트는 얼른 걸상 하나를 불가에 가져다 놓았다. 어머니는 매트를 꼭 붙잡고 그의 얼굴에서 눈을 떼지 않았다. 어머니의 모습은 너무도 여위고 창백해 알아보기 힘들 정도였다. 눈 밑에는 검은 그늘이 져 있었다. 하지만 두 눈은 여전히 따듯하게 빛났고, 미소는 기억 속에서처럼 아름다웠다.

"무슨 일이 있어도 크리스마스 전에 도착하려고 했단다."

어머니는 숨이 찬 듯 말을 멈추었다.

"절대 크리스마스를 넘길 수는 없었어. 오, 매트. 네가 이렇게 무사히 있어 주다니!"

아버지가 그동안 있었던 일들을 이야기해 주었다.

"발진 티푸스가 돌았는데, 우리 셋 다 앓았지 뭐냐. 열이 심해서 모두들 탈진했지. 엄마가 제일 심했다. 엄마가 얼마간 나아질 때까지 기다려야만 했어. 하지만 엄마가 계속 서둘렀단다. 너를 더 이상 기다리게 할 수는 없다고. 그런데 그만 강이 얼어붙는 바람에 배를 탈 수가 없었어. 우리를 실어다 주겠다는 사람이 나타날 때까지 교역소에서 3주나 기다렸단다. 썰매도 만들어야 했고. 네 엄마가 어찌나 재촉을 하던지……. 역시 어머니의 마음은 대단하더구나."

"그럴 수밖에 없죠. 이 애 혼자 여기 있으니 말이에요."

"전 그렇게 힘들진 않았어요. 계속 혼자 지낸 건 아니에요. 인디언들을 만났거든요."

"인디언이라고? 이 근방에 인디언들이 있니?"

어머니가 놀라서 입을 크게 벌렸다.

"아빠는 없다고 그랬는데."

세라도 눈을 동그랗게 뜨며 외쳤다.

"인디언들은 어떻게 생겼어?"

매트가 자랑스레 말했다.

"모두들 떠나고 없어. 하지만 인디언들은 나의 친구였지. 나와 형제가 된 인디언도 있는걸."

가족들의 심상치 않은 눈길을 느끼고서야 매트는 자신의 말을 이해시키려면 설명이 많이 필요하다는 것을 깨달았다. 하지만 아무리 설명을 해도 식구들이 완벽하게 이해하기는 어려울 터였다. 아버지는 말이 없었다. 침착한 표정으로 벽에 걸린 매트의 눈 신발과, 라이플총이 있던 자리에 걸린 활을 바라보았다. 매트는 아버지가 집 안 곳곳을 둘러보고 인디언이 주거나 인디언에게 배운 방법으로 만든 물건들을 찾아낼 것이라고 생각했다. 하지만 아버지는 질문을 하고 있을 새가 없다고 생각하는 듯했다.

"썰매에 실린 짐을 풀어야겠다. 눈이 또 오기 전에 말이야."

매트는 벌떡 일어났다. 밖에 나와 아버지와 단 둘이 있게 되자 매트는 마음속에서 맴돌던 말을 입 밖으로 꺼냈다.

"아기는 어디 있어요? 맡겨 두고 오셨나요?"

아버지는 한 손으로 수염을 쓰다듬었다. 눈에는 괴로운 표정이 어렸다.

"아기는 닷새밖에 살지 못하고 죽었다. 가여운 어린 것이 여기 이렇게 와 보지도 못하고 떠났단다. 엄마 앞에서는 그 말을 꺼내지 말거라. 아직도 힘들어하니까."

매트는 그렇게 하겠다고 약속했다. 이럴 줄 알았으면 요람을 보이지 않는 곳에 숨겨 두는 게 좋았을걸.

아버지는 눈 위에 서서 매트의 어깨에 두 손을 얹었다.

"어른스럽게 잘 해냈구나, 아들아. 이 아빠는 네가 자랑스럽다."

매트는 아무 말도 할 수 없었다. 그때 인디언들과 함께 떠났으면 어떻게 됐을까. 그래서 가족들이 텅 빈 오두막을 발견하고, 어머니의 근심이 현실로 닥쳤다는 걸 깨닫게 되었다면. 상상만으로도 숨이 막혔다. 그랬다면 방금 아버지에게 들은 칭찬은 영원히 들을 수 없었을 것이다. 아틴이 마니투를 만났을 때 이런 기분이 아니었을까.

아버지는 썰매의 짐을 풀고, 매트는 오두막까지 날랐다. 밀가루, 당밀, 고운 새 주전자, 따뜻하고 밝은 색깔의 새 이불, 그리고 매트의 새 부츠와 털옷, 바지 등이었다. 매트는 난파선의 물건을 모두 옮겨 왔던 로빈슨 크루소보다 훨씬 부자가 된 기분이 들었다.

아버지의 새 라이플총과 어머니 짐에 함께 들어 있는 자신의 구식 소총이 눈에 들어왔다. 어머니는 총 쏘는 법을 배우셨을 것이고, 가족에게 위험한 일이 생긴다면 능히 총을 쏠 분이라는 것을 매트는 의심하지 않았다. 어쩌면 세라도 저렇게 컸으므로 필요하다면 방아쇠 당기기를 주저하지 않으리라고 생각했다. 하지만 이제 가족을 안전하게 지킬 남자가 둘이나 있으니 그럴 필요는 없을 것이다.

오두막 안에서는 세라가 활기차게 움직이며 주석 접시들을 풀고, 언제나 퀸시 집 탁자 위에 놓여 있던 작은 고래 기름 램프를 켰다.

"저렇게 웃기게 생긴 개는 처음 봐. 우리한테 가까이 오려고 도 하지 않아."

"저 개는 인디언이 기르던 거야. 놈은 백인들을 의심하지. 좀 지내다 보면 너도 저 개를 좋아하게 될 거야."

매트는 갑자기 커 버린 세라의 모습에 쉽게 익숙해지지가 않 았다. 세라는 여전히 기운이 넘쳤고 두 눈은 빛났다. 고생스런 이번 여행도 세라에게는 단지 하나의 모험이었을 것이다. 매트 는 세라에게 인형이 아니라 활을 선물하는 게 좋았을 거라고 생 각했다. 그리고 기회가 오는 대로 얼른 만들어 주어야겠다고 다 짐했다.

외투를 벗고 불가에 앉아 있던 어머니의 얼굴에 조금씩 혈색 이 돌았다. 어머니는 집에 도착한 기념으로 성대한 축하 의식을 시작했다. 오두막은 이전에 살던 아름다운 집에 견주면 거칠고 비좁았지만 어머니는 전혀 그런 내색을 비치지 않았다. 오히려 집 안 곳곳을 둘러보며 감탄과 칭찬을 연발했다. 말린 옥수수 이삭과 호박들, 매트가 깎아 만든 나무 그릇들.

"세상에, 이 양식들 좀 봐! 대단하구나. 난 네가 굶고 있을까 봐 얼마나 걱정을 했는지 모른단다."

매트는 가족들이 먹을 식량을 조금이라도 더 비축하려고 배

214

를 주리며 보낸 지난 시간들이 자랑스러웠다.

"말린 고기가 있으니 그걸로 저녁을 먹어요. 아껴 먹고 남긴 거예요. 호박을 조금 넣어서 맛있는 스튜를 끓여 주세요. 소금이 있으면 더 맛있을 텐데."

매트가 다시 나가려고 하자 어머니의 부드러운 손이 어깨를 살며시 잡았다.

"잠깐만, 얼굴이나 좀 보자꾸나."

어머니는 매트의 얼굴을 보려면 머리를 뒤로 젖혀야만 했다.

"많이 변했구나, 매트. 키도 아버지와 비슷할 정도로 컸고, 많이 여위었고. 피부가 너무 까매져서 잘못하면 인디언인 줄 알겠다."

"사실은 인디언이 될 뻔했어요."

이 말을 하고는 농담이라는 듯 어머니를 살짝 안았다가 놓았다. 매트는 어머니가 영원히 그 비밀을 알지 못하게 되길 바랐다.

"우리에게 곧 이웃이 생긴단다."

어머니는 즐겁게 말하며 주전자를 불에 얹었다.

"여기서 8킬로미터쯤 떨어진 곳에 젊은 부부가 이사 올 거야. 그 부부는 봄이 될 때까지 교역소에 머물 거란다. 우린 소를 두 마리 기를 계획이고. 그 사람들 말고도 이쪽으로 오겠다는

사람들이 세 가족이나 더 있어. 그 사람들은 목재소를 세운대. 여기에 마을이 생기고 학교도 생기게 된다는구나."

이웃이라……. 그건 익숙해져야 할 현실이다. 이웃이 생기면 기쁠 것이다. 그렇다, 물론 좋을 것이다. 이런 숲 속에서 이웃이 있다는 건 정말 반가운 일이다. 당장은 기쁜 마음 이외에 다른 생각이 비집고 들어올 여유가 없다.

그러나 지금 이 순간, 가족들이 도착해 그들의 목소리가 오랜 침묵을 깨고 있는 지금, 모든 근심이 굴뚝의 연기처럼 사라져 버린 지금도 매트의 마음속에서는 인디언들에 대한 생각이 떠나지 않았다. 자신이 여기에 머문 것이 옳은 결정이었음을, 약속대로 아버지가 돌아오셨다는 것을 아틴과 사크니스 할아버지에게 알려 주고 싶었다. 하지만 백인들이 몰려오고 있다는 사실에 대해서는 사크니스 할아버지가 옳았다. 인디언들이 순록과 비버를 사냥하던 이 땅에 백인 마을이 생긴다니. 그들이 부디 훌륭한 새 사냥터를 찾기를……. 그것이 매트의 간절한 바람이었다.

매트는 새 윗도리를 입고 다시 눈 속으로 나왔다. 그 뒤로 통나무 오두막이 온기와 활기에 넘쳐 환하게 빛나고 있었다. 벌써 주전자에서는 김이 모락모락 솟아오르고 있었다. 어머니가 가족들의 저녁 식사로 멋진 스튜 요리를 준비할 것이다. 이젠 혼자 먹지 않아도 될 것이다. 가족들은 식탁에 둘러앉아 아버지가 축복의 기도를 하는 동안 조용히 머리를 숙일 것이다. 그러고 나면 매트는 식구들에게 아틴의 이야기를 들려줄 것이다.

야만과 문명에 대한 새로운 시선

오랜 옛날 아메리카 대륙에는 우리와 비슷하게 검은 머리에 황색 피부를 가진 원주민들이 살았습니다. 이들은 아시아와 아메리카 대륙이 서로 연결되어 있던 빙하기 말기에 아시아 대륙에서 건너가서 1만 년 이상 나름대로 찬란한 문명을 꽃피우며 살아갔습니다. 우리가 알고 있는 마야나 잉카, 아스텍 문명도 모두 이들이 일구어 낸 것이지요.

1492년 콜럼버스가 아메리카 대륙에 첫발을 내디딘 이후 부와 종교의 자유, 새로운 세상을 꿈꾸던 유럽인들이 아메리카 대륙으로 이주하기 시작합니다. 북미 대륙에는 프랑스와 영국인들이 자리를 잡았고, 중남미 지역에는 스페인과 포르투갈인들이 몰려왔습니다. 당연히 원래 그 땅에 살던 원주민들과 충돌이 일어날 수밖에 없었지요. 하지만 원주민들이 총과 화약 같은 무기로 무장한 유럽인들을 몰아내기에는 역부족이었습니다. 그 결과 지금은 아메리카 대륙 그 어디에도 인디언들의 제국과 문명은 남아 있지 않습니다.

『비버족의 표식』은 7년 전쟁에서 승리한 영국인들이 본격적으로 북미 대륙을 개척하기 시작한 18세기 후반을 배경으로 한 작품입니다. 황야에 홀로 남아 가족들의 새로운 보금자리를 지키는 백인 소년 매트의 용기와 눈물겨운 가족애, 백인들에게 부모를 잃고 삶의 터전마저 빼앗기고 있는 상황에서 인디언 소년 아틴이 보여 주는 자기 문화에 대한 긍지와 자존심, 진정한 용기 그리고 두 소년이 갈등과 대립를 극복하고 진정한 형제애를 갖게 되기까지의 과정이 따뜻하면서도 경쾌한 시선으로 그려지고 있습니다. 그런데 이 작품에서 특히 재미있는 것은 매트와 아틴이 서로를 이해하고 우정을 나누는 과정에서 표시, 즉 기호가 중요한 매개 역할을 한다는 것입니다.

매트는 목숨을 구해 준 인디언의 친절에 보답하기 위해 자신이 가진 유일한 소유물인 『로빈슨 크루소』를 선물합니다. 사크니스 할아버지는 그 책이 백인들의 표시, 즉 문자를 포함하고 있다는 것을 발견하고 매트에게 그 '표시들'을 가르쳐 달라고 제안합니다. 백인들의 기호가 의미하는 것을 몰랐기 때문에 땅을 빼앗겼다는 것을 깨달았던 것이지요. 그래서 손자 아틴에게 이릅니다.

"아틴, 배워야 한다. (……) 백인들은 담배로 조약을 맺지 않는다. 백인들은 종이에 표시를 쓰는데 인디언들은 그 표시를 모른다. 인디언들은 백인과 친구가 되었다는 뜻으로 종이에 표시를 한다. 그

러면 백인들이 땅을 차지한다. 그러고는 인디언들에게 그 땅에서
사냥을 하지 말라고 한다. 아틴은 백인들의 기호를 읽는 법을 배운
다. 그러면 아틴은 사냥터를 빼앗기지 않는다."

매트는 아틴에게 글을 가르치기 위해 『로빈슨 크루소』를 함께 읽기
로 합니다. 그런데 수업이 진행됨에 따라 매트는 자신이 백인은 우월
하고 원주민은 미개하다는 편견을 가지고 있었음을 깨닫게 됩니다.
예를 들어 매트는 로빈슨과 프라이데이가 만나는 장면이 무례할 수
있다는 것을 전혀 고려하지 않고 그 장면을 읽어 줍니다. 원주민들은
야만인이요, 미개인이므로 백인의 노예가 되는 것이 당연하다고 생각
하고 있었던 것이지요. 그러자 아틴이 불같이 화를 내며 말합니다.

"안 돼! 그러지 않아! (……) 무릎을 꿇는 건 안 돼. 노예가 되는 것
도 안 돼. 차라리 죽는 게 나아!"

한 번도 이 이야기에 의문을 가진 적이 없던 매트는 아틴의 반응을
보고 과연 그렇지 않을 수도 있는 것일까를 고민하게 됩니다. 그리고
원주민들은 미개한 야만인이라는 편견이 담긴 부분들을 건너뛰고 읽
어 줍니다. 이것은 매트가 『로빈슨 크루소』를 다시 쓰는 것과 같은 의
미를 가집니다. 매트가 읽어 주는 『로빈슨 크루소』는 디포가 쓴 『로

빈슨 크루소』와는 다른 내용이 되었으니까요. 매트와 아틴이 함께 읽는 그 새로운 『로빈슨 크루소』는 두 사람이 문화적 편견들을 넘어서서 우정을 나눌 수 있는 장이 됨과 동시에 기호의 의미를 확장시켜 줍니다. 매트가 아틴에게 『로빈슨 크루소』를 읽어 준다면, 아틴은 글로 읽은 내용을 부족의 다른 아이들에게 말로 이야기해 줍니다. 글이 말로 전달되는 것이지요. 또한 매트는 나무에 새겨진 표시, 나뭇가지나 돌의 방향 등 비버족의 표식에는 부족 간의 경계와 금지, 방향 등 여러 가지 의미가 담겨 있다는 것을 이해하게 됩니다.

이처럼 두 사람 사이에 우정이 싹트기 시작하자 아틴은 매트에게 숲에서 살아남는 데 필요한 여러 가지 지식을 가르쳐 줍니다. 처음에 아틴을 『로빈슨 크루소』의 프라이데이라고 생각하던 매트는 점차 아틴이 로빈슨 크루소이고 자신이 프라이데이라는 느낌을 받게 됩니다. 원주민은 미개하고, 정착민은 우월하다는 백인들의 도식이 뒤집어지는 순간이지요. 그것을 증명이라도 하듯 두 소년의 모험은 『로빈슨 크루소』에서 로빈슨이 프라이데이를 두고 떠나는 것처럼 아틴이 매트를 뒤로 두고 떠는 것으로 막을 내립니다.

얘기가 여기서 끝난다면 굳이 새로운 시각이라고 할 수 없을 것입니다. 누구는 미개하고 누구는 우월하다는 이분법의 대상이 바뀌었을 뿐이니까요. 그렇지만 이 책은 매트만 일방적으로 배운 것은 아니라고 말합니다. 매트가 인디언 언어와 자급자족 방식을 배웠다면 아틴

역시 영어가 날로 늘었으니까요. 진정한 이해는 일방적인 것이 아니라 상대방을 존중하며 서로의 관점을 교환하는 것이고 공유하는 것입니다.

이러한 시각이 가장 분명하게 드러나는 것이 바로 노아의 홍수 이야기입니다. 『로빈슨 크루소』를 다 읽은 매트는 아틴과 함께 성경에 나오는 노아의 홍수 이야기를 읽어 줍니다. 그 이야기를 들은 아틴은 비버족에도 그와 비슷한 홍수 이야기가 있다고 말합니다. 바다라고는 구경도 할 수 없는 초원의 부족에게 홍수 이야기가 전해지고 있다니!

비버족에 대한 매트의 이해와 애정은 단순한 우정을 넘어 어린 시절부터 인디언들의 손에서 자랐다면 백인들의 세계로 돌아가지 않았을 것이라고 생각할 만큼 깊어집니다. 매트에 대한 아틴과 사크니스의 사랑 역시 그를 가족으로 받아들이겠다고 할 만큼 깊어지지요. 그러나 매트는 함께 떠나자는 아틴의 제의를 거절합니다. 매트에게는 그가 지켜야 할 가족과 아빠와의 약속이 있기 때문이지요. 그리고 아틴은 가족에 대한 매트의 사랑과 책임감에 경의를 표하고 백인들의 손길이 미치지 않은 땅을 찾아 서부로 떠납니다.

백인들에게 조상 대대로 살아온 삶의 터전을 빼앗기고 서부로 떠나는 아틴의 앞날은 그리 밝지 않습니다. 우리가 잘 알고 있는 것처럼 미국의 서부 개척사는 인디언들의 패망사와 같은 것이니까요. 백인들은 광활한 서부를 개척하는 과정에서 수많은 인디언들의 목숨을 빼앗고, 남은 사람들은 이른바 '인디언 보호구역'이라는 곳으로 내몰았습니다. 이에 저항하는 과정에서 또다시 수많은 인디언들이 목숨을 잃었지요. 백인이 들어오기 전에 3천만 명 이상으로 추정되던 북미 지역의 인디언은 오늘날 수만 명 정도만 남아 보호구역에서 살고 있습니다.

나는 옳고 너는 그르다, 나는 우월하고 너는 열등하다 같은 이분법적인 사고는 반드시 분열과 갈등을 불러일으킵니다. 그동안 수없이 있어 왔고, 지금도 계속되는 국가와 국가 간의 전쟁, 사람과 사람 사이의 갈등은 대부분 이런 편 가르기에서 비롯된 것이라고 할 수 있습니다. 이와는 달리 자신의 것을 소중히 여기는 만큼 상대방을 이해하고 인정하는 것을 관용이라 합니다. 지금까지 살펴본 것처럼 『비버족의 표식』은 문명과 야만에 대한 새로운 시각과 관용이라는 가치를 인물들의 행위와 구조를 비롯한 여러 문학적 장치를 통해 보여 주고 있습니다. 이 책을 읽으면서 따뜻한 형제애와 가족애, 새로운 세계관에 눈을 뜨는 동시에 문학을 보는 새로운 즐거움을 발견하는 계기가 되길 바랍니다.

2006년 봄에

김기영